テースト・オブ・苦虫 1

町田康

KOU MACHIDA

中央公論新社

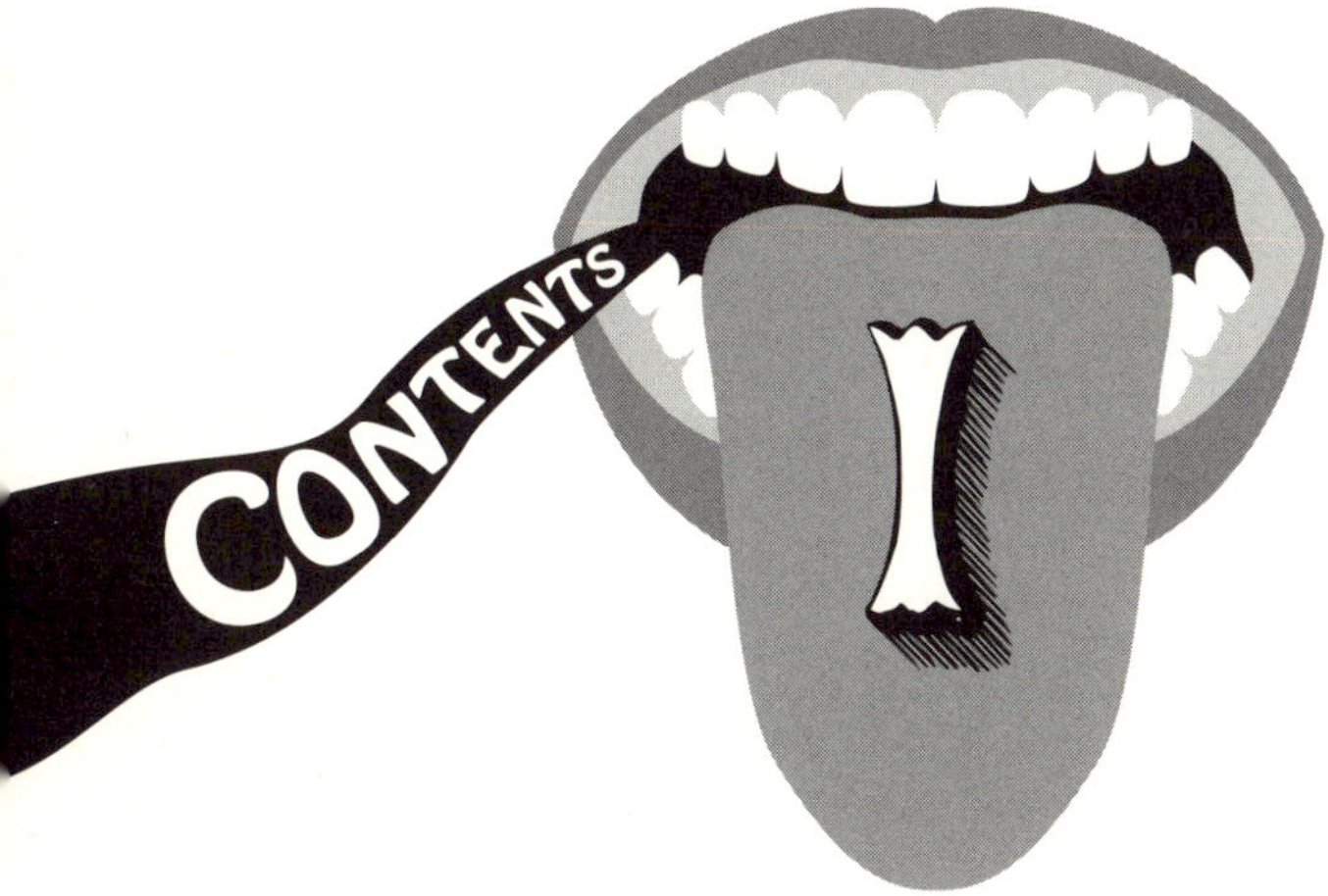
CONTENTS

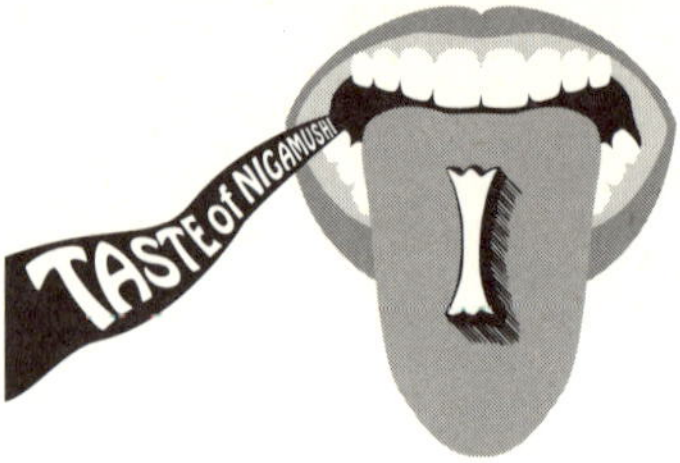
TASTE of NIGAMUSHI
I

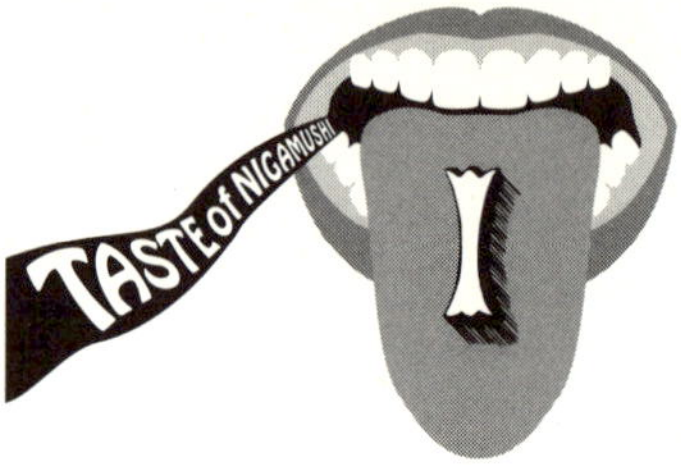
TASTE of NIGAMUSHI
I

アート・ディレクション&デザイン　石川絢士［the GARDEN］

TASTE of NIGAMUSHI

1

KOU MACHIDA

コミュニケーション・ブレイクダウン

むかし「儂《わし》は雑草や。踏まれて傷だらけになっても当たり前や」というコマーシャルがあったが、真似をして言うと作家某は極悪人や。踏まれて傷だらけになっても当たり前や。ということになる。なぜかというとあろうことか、こいつときたら電話を引いていやがらぬからである。

まったくなんという極悪なことをするのであろうか。無茶をするのであろうか。医学や科学の発達したこの現代に電話を引いていないのである。こんなものは即刻、死刑台に送るべきである。

だいたいにおいてその理由が許せない。電話が鳴ると喧しくて仕事に集中できぬのだという。なめているのか？　社会に甘えているのか？　そんなくらいなら仕事などやめてしまえと言うのだ。そもそもその仕事というのは俺以外の別の誰かの仕事であろう。そんなものができようとできまいと当方のあずかり知らぬ問題である。そのようなことでこちらが電話できぬというのは論外である。理由にならない。

現在、大抵の人は電話で用を弁じている。それをばひとり、電話をいれないで社会生活を営んでいけると思っているのか？　小僧が。

俺が、この偉い俺が用があるのだ。自己都合で電話に出ないという法があるかっというのだ。それに対してこの男は理窟にならぬことをいって抗弁をする。いわく、一度、電話に出るようにするとそれぞれの人がそれぞれの都合で思い立ったときに電話をかけてくるものだから早朝から深夜まで電話が鳴り響き、それに対応するのはわたしひとりで、専門の電話番でも雇わぬ限りどうにもこうにもならないのです。だとよ。ハッ。馬鹿馬鹿しい。そんなものは簡単なことで、忙しいと思ったら電話に出なければよいのだ。ところがそう教えてやると、この甘えた男は、そうはいうものの、何十回も鳴るベルの音はやはり気になるし、それにそうして電話は食事中であろうがくつろいでいるときであろうが二六時中鳴り響いて気の休まるときがないのです。などと寝言を言う。なんという精神の弱い男だ。聞いている此っちが悲しくなってくる。

ならば深夜は留守番電話にしておけばよいではないか、とこれまた親切に助言をしてやると、広くはない狭いうちのこと、留守番電話が作動すると気になって目が覚めてしまう。と言う。

それにつけてもこの売国奴はしばしば、気になる、気になって仕事ができない、などと吐かすが、おーお。おナーバスでいらっしゃること！　さぞかし神経がお細いんでしょう。びっくりなされたでしょう。なにを吐かしやがる、山師が。そんな細い神経でよくあんな大ざっぱな話が書けるものだな。ヘタクソ！　電話が鳴ったくらいでいちいち気にしていたら世の中成り立たないんだよ。ひょっとこみたいな顔しやがって、偉そうにするな兵六玉。

そしてこの卑劣漢の要求は留まるところを知らない。すなわち、この先生ときたらあろうことかこの俺に、この偉い俺に、事務連絡がある場合はファクシミリを送信しろ、と宣《のたま》うのである。

勘違いも甚だしい。思い上がりにもほどがある。此っちの迷惑も少しは考えろというのだ。電話であれば、ぺっぺっぺっ、とダイアルを回してぐずぐず喋っていれば知らぬうちに話はまとまる。ところがファクシミリの場合だと、いちいち考えをまとめて、なにがやりたいのか、ギャラはいくらかなんて条件を具体的に出して、そのうえそれを紙に書かねばならぬじゃないか。そんな紙に字を書くなんて面倒くさいことをおまえごときのためにいちいちやってられるか。あほ。忙しいんだよ、こっちはよ。痴れ者が。

喋ってしまえばぐずぐず言っているうちに話がまとまるものをなぜそんな面倒なことをしなければならぬのか理解できない。また、ファクシミリだと条件等を明示しなければならず後日問題が生じた際、明白な証拠として残ってしまうが、電話のやり取りだとそんなものは残らず、お互いの信義に基づいて話し合いで足して二で割るような決着をつけることができる。それが日本人の和というものだ。それを証拠がどうの証文がどうのと言って安易に白黒をつけようとするのは我々の社会になじまない。

それに大体においてこっちは急いでいるのだ。そんなファクシミリなどを送り、いつくるとも知れぬ返事を待っていられない。その点、電話であればその場で即答を迫ることができるし、仮に断るなどとふざけたことを言ったとしても、いつまでもぐずぐず言って電話を切らなければ相手も面倒くさくなって承諾する場合が多く、結局、こっちの思い通りにことを運ぶことができる。

だから俺はあいつにファックスを送る場合、このファックスを読んだら至急電話をするように、と書く。それも見落としのないように、至急、を大きくしたり、二重線を引いておいたりしてある。にもかかわらずあのクズは電話をしてこない。なんで俺が、この偉い俺がおまえごときの返事を待っていつまでも便々とファクシミリの前で返事を待っていなければならぬのだ。いったい決定権がどっちにあると思っているのだ。ひとがわざわざ連絡してやっているのだから電話で即答しろと言うのだ。たわけが。あ。俺、鍋焼き。

大体においてあいつの言っていることは支離滅裂だ。例えば俺はいま午はんに鍋焼き饂飩《うどん》を注文したがそれとて電話でする。まあ最近では稀にファックスオーダーシートというのがあってファックスで注文する店もあるが、その場合、一方的な指示書だ。こっちの便宜のためのファックスだ。仮にこれを、「前略、ファクシミリにて失礼を致します。私はマンスリー頓痴奇編集部の因島果太郎といいます。この度は鍋焼き饂飩を注文いたしたく御連絡をいたしました。十二時三十分頃にはお届けいただきたいと思います。また饂飩料は御相談いたしたく存じます。お返事をお待ちいたします。よろしくお願いします。更科様。マンスリー頓痴奇編集部因島果太郎。(電話番号)(ファックス番号)」なんてやっていた日にゃあ、饂飩が来るのは夕方になっちまうよ、上げ潮のゴミ。

うどん屋だっていちいちやってらんねぇだろうがよお、それじゃあよお。けどあのクソ野郎はそういうことをやれと言っているのに等しく、まったくもって脳味噌1ミリグラムのマザーファッカーといえる。

俺が、この偉い俺が用事があると言っているのだから電話ぐらいひいとけ。そして俺に文字を書かすな。文字を書くなんて面倒くさいことをやるほどこっちは落ちぶれていない。大体文字を書くのはおまえの仕事であって俺の仕事ではない。現代詩の世界でも声の復活とか言ってるくらいなのを知らぬのか？　不勉強な猿くん。

それから俺を待たすな。俺の質問には即座に答えろ。命令に従え。「至急」電話しろ。俺は五時には帰りたいのだ。おまえの返事を待つためだけに会社にいられない。わかったら、さっさとNTTに走っていって七万かなんか払って電話ひけ。待ってますよ。あなたは私を待たしているのですよ。早くしなくていいのですか？　え？　なに？　うどん来た？　え？　電話？誰？　わちゃあ。サトーさん？　メンドクセーナー。なんでこのタイミングで電話してくるかなあ。デリカシーないなあ。いないいないない。外出中で今日は戻らないって言っといて。ワリー。後でコーヒー奢るから。ワリーワリーワリー、と両足をデスクに載せ、後ろに体重をかけ椅子ごとのけぞった体勢で同僚を片手で拝んだら、わ、後ろにぶっ倒れて頭脳を強打した。腰が砕けた。これというのもあいつのせいだ。あの豚野郎のせいだ。殺す。いてて。でーお。いててーお。

洞窟から誰も出てこない

咽に鉄錆が涌いたような心持ち。頭がふらふらして全身が倦怠したようになってしまっているというのはこれ風邪の症状であるが風邪を引いてしまった理由は明白である。すなわち、先日、自宅に人がより集って酒を飲み飯を食った際、つい酒を過ごし中途で座っていられなくなった私が廊下からの冷たい風が吹き込むあたりに倒れ伏し二時間ばかり眠り込んでしまったからである。まったくもって呆れ返ってそっくりかえってものもいえない。というのは、自分はひとりで飲んでたのではない。十数人で宴会をしていたのである。私が酒を飲み眠り込んだのなら周囲の人間は、そんなところで眠っていたらお風邪を召しますよ。さあ、あちらの座敷にお床をのべましょう。さっ。さっ。私の肩に摑まって。と櫻井よしこの声でいい、私を座敷に連れていって横にならせ枕元にビタミン剤とプロポリスとエビアン水を置いておく程度の人間として最低限のことがなぜできぬのか、ということね。まあそれができぬのならせめて毛布をかけるとかね。まあはっきりいってそんなことは子供でもできるけどね。お陰で俺は風邪を引いてしまった。まったくもって人を馬鹿にするのにもほどがある。咽が痛い。頭がふらふらする。これというのもみなあいつらのせいだ復讐してやる。と思ってやってきました。教えて下さい。

ふざけるにもほどがあると思いました。第一過重勤務なんですよ。私はね、睡眠不足でふらふらしていたんです。だからついね。抱いてた赤ん坊の足がそこにあるのに気がつかなかったんですよ。で戸を勢いよく閉めてしまったのですわ。そしたら、ぎゃあ、って泣くでしょ。そらすぐに報告しなかった私も少しは悪いのかも知れない。でも私もびっくりしてしまったし、第一雨が降ってきたから慌てて洗濯物を取り込んだのだからぐずぐずしてたらせっかく乾いた洗濯物が濡れてしまうしだから黙ってたというより急いでたのですけど。それからずっと泣いているのを、遊んでいるのを途中でやめさせたから、と言ったのだって、その後、一回泣きやんだので、それが原因じゃないと思ったのだわ。だからそう言っただけで嘘ついた訳じゃない。それに最終的に足から血が出てるのを見て、そう言えば足を挟んだかも知れないって報告したんだし。それに大体そうなった原因はあすこの家があまりにも長時間ひとを使うからでそのことが原因で私の身体のコンディションが悪くなってそういう事故が起きたのだから私はひとつも悪くないわ。会社だってあの人にそう言った。あなたの家は長時間の契約をしすぎだ。だからこんなことになる、って。なのに会社ごと訴えるなんてひどい。ひどすぎる。私は会社を馘になった。これというのもみなあの人のせいだ。復讐してやる、と思ってやってきました。教えて下さい。

ええそんなあと思ったよだってそうじゃん、そらあいつは事前にやばいよ、つってたかもしんないよ。別パターン撮っといたほうがいいんじゃないの? つってたかもしんないよ。でも俺だってそんときはオッケーだと思ったし、そんな先のことなんて分かるわけねぇじゃん。だから確かに、そんなの関係ねぇよ。おまえの仕事じゃねぇよ、と言ったし、あいつの言うのを信じればもっとボロクソに言ったかも知んないよ。忘れたけど。だからといってクライアントのNGくらった途端、だから言ったじゃん。それにその日はもう別の仕事いれちゃったわ。なんつって降りられた日にゃあこっちはたまんねぇつぅの。それを鬼の首取ったように、事前に注意しておいたはずだ、なんつわれてむかつくぅ。別の仕事入れられてむかつくぅ。俺だって頑張って一生懸命やってきたつもりなんだよ。その努力を踏みにじられた。俺の頑張りが無視された。そのうえ降りるなんて困るよ許さねぇ。どうすんだよ撮影明日だよ。どうすんだよ、って何度電話しても留守電だし、やっと捕まえたと思ったら絶対に降りるってきかねぇし、じゃあ明日の撮影どうすんの? できねぇじゃん。もう時間がないし、予算もねぇし。ってことは明日撮影できなかったら俺の責任? うそ。マジかよ。違うだろうよ。俺らのミスをフォローしないあいつのせいだろうがよ。くっそー。むかつくなあ。復讐してやる、と思ってやってきました。教えて下さい。

まったく理解できないのである。私は虚偽を言った覚えはないのである。私は本当に彼とは知り合いなのだ。パーティーで会った知り合いなのである。それを彼が知らないというのは絶対に不審であるし、そんな無茶をなぜ私が言われなければならないのか？　だからしたがって私が彼の名を出し様々の人に交渉したりプレゼンしたりしたのはまったく正当な行為なのだ。だから私は、彼がぜひお願いしたい、と言っていると言ってまわった。そんなことは知り合いなのだからいいじゃないか。そんなことぐらい。ところがそれについて勝手に名前を出されたといって苦情をいうのはちょっと卑劣に過ぎるのではないだろうかと私は思惟するのだ。心外なのである。そのせいで私は仕事を降ろされたのだ。こんな理不尽なことがあってよいわけはない。そんな無茶を通しておいてよいわけがない。復讐してやる、と思ってやってきました。教えて下さい。

新緑が滴る季節。風景があまりにも美しいので俺はついみとれてしまっていたのさ。だから悪いのは風景とも言える。そしてそんな俺の前にあいつは突然現れた。まあブレーキは踏んださ。けどあいつが現れたのが突然すぎて当然、間に合わなかった。だから悪いのはあいつとも言える。さらにはブレーキも悪い。あいつが突然現れることを予測してもっと強力なブレーキにしておくべきだ。これは企業の社会的責任といえる。まあビールは飲んでいた。といってもコップにたった二杯。ぜんぜんたいした量じゃないでしょ。まあその後、焼酎のウーロン茶割りを十八杯とズブロッカを三杯と冷酒を飲んだんだけどね、カッコ笑い。でも俺がそんなに飲んだのは俺のせいじゃなくて房井久子が俺をふったからなんだよね。それでくさくさして、は は、つい飲み過ぎちゃったんだよ。なんだよ、房井久子なんか、つって。だから責任は房井久子にあるとも言える。さらには房井久子が俺をふった理由は多分これは推測だけれども俺がスポーツ選手や芸能人といった有名人でなかったり、或いはたとえ無名でも医師や弁護士といったステータスが高いといわれている職業についていなかったり或いはステータスが低くても収入の高い職業についていないからで、俺というものをそういう職業につけなかった受験システムや政治や経済の仕組みが悪いのだとも言える。という風にどう考えても俺が悪いとは言えないのに俺が悪いことになってしまっているというのは絶対に納得がいかないので俺は復讐をします、と思ってやってきました。教えて下さい。

家の前にある日ぽっかり洞窟が開いた。洞窟の入り口に下がった木札が風に揺れていた。木札には「呪い復讐呪詛一般教授。個人レッスン。週一回からお試しコースあり」とある。洞窟の入り口には願書を持った人が長い列を作っていて門前市をなす盛況であった。洞窟の前で門前というのは変だし洞窟の前に市というのも妙だけど。でもホントの話だよ。俺は窓からその様を見てたけど後から後から人が押し掛けて列が伸びるばかりで面白くもなんともないし、並んでいる人ががやがや話す声がうるさくてしょうがないから窓を閉めて、へっ、儲けやがるね、と呟いて屁をこいて眠った。

陽気な僕ら浮気なあんたら。ハッピーなデイズ

俺は気楽なミュージシャン。俺がミュージシャンになったのは十六のとき。なんでなったかというと、まあ、好きな音楽を演奏して好きな酒飲んで可愛いコと遊んで陽気浮気に暮らしたいと思ったからだ。わはは。若しくは、うふふ。

そんな俺だって仕事するときあるさ、そしてさあいまがそのとき、イエイ、やろう。野郎。メロウ。メロン。昨日、ドンバのリハーサルだったのだけれどもその際、録音したテープを元に作詞、すなわち歌詞を書こうって寸法なのさ。そしてそれがヒットしたら俺には莫大な印税収入が入るからそれを原資として陽気浮気なライフを楽しむことができる。嬉しいなあ。やろう。わはは。陽気浮気。そしてあれだよ、俺はいまテープといったけどカセットテープとかそういったものじゃないんだよね。いまはほら、エムディーなんっすよ、エムディー。つまり、俗に言う、ミニディスク、っちゅうやっちゃあ。こらね、いっすよ。つまりほら頭出しとか一発でできて早いんですよ。つまり、テープだと時間がかかりすぎたり、頭出しも行きすぎたり戻りすぎたりすることがあるっしょ。ああいうのってすごく鬱陶しいっていうか、頭くるんっ

すよね。死にたくなるっていうか、鬱になって将来のこと、老後のこと、借金のこと、この国の将来のこと、地震のこと。ときどき胸が締めつけられるように痛いんだけどなにか悪い病気じゃないんだろうか？　なんて悪いイメージが次々と頭に浮かんで死にたくなるんですよ。あ、やばいやばい。変なこと考えちゃった。スチャラチャラチャラチャテレテレッツトテチリトテトテチン。ポテチン。ははは。も、ぜーんぜーん。俺、だってエムディーだもん。ははは。オッケーオッケー。

とイヤホンを耳に嵌め帳面を広げて仕事に取りかかったのだけれども、なんじゃこら？　再生釦を押して三十秒経ったら音が途切れた。何事ならんとポータブルエムディー本体の表示を見るとカウンターが停まってしまって、なかでしゃくしゃく音が鳴っていた。大体において俺はこういう機械類が順調にいっていないと気になってしょうがないたちで、例えば家に十六台ある時計など、一秒の狂いもなく合わせてあるのであり、そのために俺は多大の時間と労力を費やしているが狂っているのが嫌なのだからしょうがない。といってそういうことが好きなのではない。どちらかというと嫌いだ。ただそういうことが背中に紙屑がはいったように気色が悪いだけなのである。まったくもっていまいましい、と思いながら俺は、取扱説明書を探しだし、エムディーデッキ不調の原因究明に乗り出した。ときおり、アー、メンドクセー。アー、陰気。アー、鬱陶しい、と叫びつつ喚きつつ。

十分後。俺は癇をたてて破壊してしまったエムディーをみつめつつ、将来のこと、老後のこと、借金のこと、この国の将来のこと、地震のこと、戦争のこと。ときどき胸が締めつけられるように痛いんだけどなにか悪い病気じゃないんだろうか？　なんて暗い想念に囲まれて地蔵のように動かないでいた。

いかんいかん。俺は、陽気浮気なミュージシャンなんだよ。ね。そんなエムディーが動かないくらいで陰気にならねぇ、つうの。も、ぜーんぜん。大体において作詞やらなくてもその場で思ったことをその場で歌えばいいんだよ。ね。いまを生きる。いまハッピーであることが大事だ。というと、そう、俺は腹が減っている。腹へり男。畳のへり踏み男。なんぞ拵えて食おうじゃん。イエイイエイイエイイエイイエイイエイイエイ。っていうか俺は料理好きなんだよ。生活を楽しんでる。ときおりホームパーティーとかそういうのやるんだけどね。最近はやってない。っていうのはいつもパーティーに来てくれていた仲間がみんな連絡がとれなくなったからなんだけどね。まあ、Kちゃんは失踪っていうかある日突然行方知れずになってしまったし、Mやんは借金で逃げてるしFぼんは精神を病んで長期入院中だしNくんは覚醒剤取締法違反で監獄に入っているし、Tさんは別れ話を切り出されて逆上して女を刺して未決勾留中だしね。みんな愉快に暮らしてる。ってンナワキャネーダロ。っていうか俺だってこないだ出したCDは売れないし、仕事は来ないし、はっきり言って月末に支払うべき家賃がない、っていうか、もはや三ヵ月家賃を払ってないんだけどなにも言ってこないのはどういうわけだろう? ある日突然やってきて店《たな》だてなんてことになるのではないだろうか? 心配だ。不安だ。将来のこと、老後のこと、借金のこと、この国の将来のこと、地震のこと、戦争のこと。ときどき胸が締めつけられるように痛いことが気にかかる。

って駄目駄目。そんなことをかんがーえたらあかん。かんがーえたらあかん。あかんのやーーーー。って、はは。一曲できちゃった。はは。莫大な印税。ハッピーな人生。酒池肉林。鯛や平目の舞い踊り。そいでなんだっけ? そうだ、ええ、料理をする。ええ今日はじゃあ、俺の自慢料理、穀物で拵えた円形の皮にサルサソース、クリームチーズを塗り、野菜を巻いて食す料理にしよう。それについてはええっと、まずこの茶碗を退けて、と調理台にあった茶碗を退け、傍らの若干大きめの碗に重ねたところなんだか妙な感触があったので、いま一度手に取ってみると、ああ。噫。なんたることであろうか。小の碗は大の碗にびたびたにはまりこんでびくとも動かない。実は俺はこういう茶碗類が不細工に重なったままびくとも動かないということもまた気になってしょうがない質で、なんとかこれを抜こうと渾身の力をこめて引っ張ったが碗はさらに動かない。まったくもっていまいましい、舌打ちをしながら俺は、「くらしの知恵百科知らないと損500」というしめったマッチに火をつける法、よい馬の見分け方、しゃっくりをとめる法、しびれを防ぐ法などを記した昭和四十八年発行の本を取りだして調べたところ、すげぇ。あったよ。重ねたコップがくっついたら下のコップをお湯につけ上のコップに氷を入れよ、と書いてある。さすがだぜー。なぜとれるのか分からぬがいかにも取れそうな気がする。それにそういう理由の詮索なんていうのはお偉い評論家先生に任せておけばよい。俺たち庶民は実行あるのみだ。つって、やったところ碗はびくとも動かない。俺はアー、メンドクセー。アー、陰気。アー、鬱陶しい、と叫びつつ暴れ狂った。

十分後。俺は破壊しつくされた部屋に、将来のこと、老後のこと、借金のこと、この国の将来のこと、地震のこと、戦争のこと。ときどき胸が締めつけられるように痛いんだけどなにか悪い病気じゃないんだろうか？　なんてことを考えつつぼんやり立ちつくしていた。心が寒かった。身体も寒かった。っていかんいかん。俺は陽気浮気に生きていきたいのだ。茶碗ごときでへこたれてどうする？　そんなものはただの茶碗じゃないか。つって、ははは、その他のものも随分破壊しちまったけどね、気にしない気にしない。歌って踊って恋をして。それが俺の流儀だ。人生だ。明るいラテン主義の、つって、しかしちょっとこの部屋寒いなあ。あ、なるほど。先ほどから暗い想念ばかりが頭に浮かぶのはこの寒さのせいかも知らんね。北の民族は論理的でやんなるよ。北の家族で飲んで。まったく、なるほどそんなことだったのか。ははは。ってことは俺の人生の諸問題は一気に解決、つまり暖房をつければいいんじゃん、ってリモートコントローラーをかざして電波を放射したのだけれども待てど暮らせど部屋は寒いままだ。

なにごと？　ってエアコンを見ると妙なランプが明滅するばかりでいっこうに動作する様子がない。なめとんのか？　なめてません。ここで暴れたらまた同じことの繰り返しだ。俺は暴れたくなるのをぐっと堪えて修理屋に電話をかけようとして果たせない。過日、ＮＴＴに問い合わせの電話をかけた際、担当者の態度があまりに悪いのに癇をたて電話を破壊してしまったのだ。

スチャラチャラチャラチャテレテレッツトテチリトテトテチン。ポテチン。イエイエイエイエイエイエイエイエイエイエイエイエイ。莫大な印税。ハッピーな人生。酒池肉林。鯛や平目の舞い踊り。死に物狂いで陽気浮気なことを考えた。しかしそれに反して、額に脂汗が浮かび、口中には苦虫の味が広がっていくのであった。

「いつもの」と言って来るのは知らねぇ料理

新奇なものが嫌いだ。珍奇なものが嫌いだ。知らない場所が嫌いだ。知らない人が嫌いだ。知ってる人とだけ付き合いたいし、知ってる店以外には入りたくない。だから僕がいちばん好きな歌はこの歌さ、「はじめーてぇーの、場所でー／いつものおー、さあけー／やあっぱりー、おーれはーあ、あああ／きくまさーむうねぇー／きくまさーむうねぇー」ってごめんごめん。いきなり歌っちゃったあ。しかしこの歌ほど小生の心底・心情を表している歌は他になく、思いつくとつい朗唱してしまうし、朗唱すると感極まって号泣してしまうのが常なのである。

まあ、それくらい入れ込んじゃってる歌だからちょっと状況を解説すると、つまりこの歌のこの男は会社の金を横領、たって珍毛な横領だ、たかだか三千万円かそれくらいを横領してしまった。使途はというとくだらねぇ使途だ。基本的には酒色なんだけれども、むかしでいえば島原の吉野大夫？　いまでいえばどうなんの？　テレビの広告に出て高銭をとっているタレント、或いはアナウンサーとかそういうことになるのか？　ってとにかくそういういかにも金のかかりそうな女と遊んだんじゃねぇ、部下の気だてよく真面目なオーエルだ。ちょっと地味なね。これとできあって男女の仲と相なった男は輸入船載の鞄を買い与えたり、西麻布でしゃぶしゃぶ食ったり、新宿のホテルに宿泊したり、オーストラリアに行ってコアラを抱いたりしたところ、けっ安いねぇ、三千万円程度の穴を開けてしまったのである。金曜日の夜、男が残業をしている最中にこのことが発覚、月曜日に重役の前でことの次第を説明しなければならなくなった男は虚脱したようになって帰宅した。むっつり黙り込む男は、会社でなにかあったのでしょうか？　と訝る妻に、いや、なんでもない、と答え、さらに、明日朝早くから出張をするから支度をしておくようにと言いつけ早くに寝てしまう。そして翌朝、鞄をぶら提げた男は汽車に乗り北に向かった。いたたまれなかったからである。行き当たりばったりに汽車を乗り継いで男はある小さな漁港にたどり着いた。小雪がちらついていてあたりは青みがかって暗い。鞄をぶら提げた男が、行き昏れて、ちゅうやっちゃね、ぼう、と遠くに赤い光を目指して歩いていくと果たしてそこは居酒を飲ませる腰掛けの飲み屋で、男は暖簾をくぐり酒を注文した。いつも飲んでいる銘柄の日本酒である。国破れて山河あり。拐帯ばれていつもの酒あり。舌の先に転がる変わりない酒の味に男は一瞬の平安を感じるのであった。アーメンまさにそのとおりです。といった具合。つまり、見知らぬ他国を流浪するという大変な状況のなかでいつもの酒を飲んでほっとしているのである。

　まあ僕は右の男のように横領をしていないのでことさら初めての場所に行く必要はなく、だから右の歌をもっと自分の心情にフィットするようにするとすれば、「いつものおー、場所でー／いつものおー、さあけー／やあっぱりー、おーれはーあ、あああ／いつものおーばあしょー／いつものおーさあけー」と書き換える必要がある。

ではなぜ初めての場所でなくいつもの場所がよいのであろうか？　たまには目先を変え、新規に新しい場所を開拓したり未知の人物にあってみるなどしたくならぬのか？　まったくもって横着な。まるでものぐさの保守主義の隠居やな。いやらし子やわ。ほんま。ほんまにいやらしわ。と批判されてもよいのか？　なんで？　なんでやの？　という人もあるだろうが、まあ、ひとつには常連・いきつけということがある。

常連になるといいのは入っていっただけで店の人に、あ、難弥羅さんコンバンハ、なんて挨拶をして貰ったり、ちょっと小癪な料理を特別に拵えて貰ったり、混んでいるのによい席に案内されたりするなどの各種の特別待遇を受けることができるからで、それに比して一見さんは悲惨である。

お。なかなかよさそうな店やないか。ちょっと入ってみよか。がらがらがら。戸を開けてなかに入ると、従業員が実に不思議そうな、突如として舞い込んできた病み犬を見るような目で見る。客だということを分からせようとうすく笑ってみるのだけれども効果なく、巌のように押し黙っている、そこでやむなく自分は客であり当然、現銀もクレジットカードも持っている。

どうか飯を食わせて貰えないか、という意味のことを日本語でいって漸く店員は、ああー、と人を小馬鹿にしたような嘆息というには太い声を出し、頭を二度掻いてから首を振り振り黙って歩き出すのである。しょうがない、付いていくと薄暗い畳半畳分くらいのスペースに将棋盤くらいな卓袱台のおいてある階段下の座敷に通され、その後もさまざまの差別と迫害に苦しむことになるのである。だから人がましくあるためにはやはり行きつけの店の何軒かはこれあるべきで、例えば人と往来をしていて俄かに、ちょっとラハガキタヤマ、時間もあることですから底をいれましょう。というようなことになさった場合、この近くに知った家があるのでそこへ行きましょう、と知り人を案内、右に申し上げたごとくによい扱いを受ければ人格的評価も随分と上がり、商売がうまくいくのである。

したがってやはり知った家というのはあった方が良く、特に自分のようになに商売をしてもうまくいかず、貧苦に喘ぎ正月早々肺炎になって入院をしているようなばか者こそ行きつけの店を拵えんければ相成らぬといえるのであるが、ははは、ざまあみさらせ、カスが。人のことをさんざんいやらし、とかなんとか吐かしやがったが俺なんざあ、店に行って、ごはは、注文なんかしたことねぇんだよ。いつものやつ。これでオッケーなんだよ。バカヤローコノヤロー、「ほんまにうまいもん食いたかったらいっぺん俺の後について」ってばか、そら織田作じゃ。「ほんまにいつもの知ってる場所しかいけへん男をみてみたかったらいっぺん俺の後についてこい」つって俺は僕は家をぽーんと飛んで出た。いろいろなことをぐずぐずいっていたら腹が減ったからである。

サンドイッチでも食うてこましたろ、と思った。ここのサンドイッチはその味が評判でわざわざ遠くから汽車に乗って食べに来る人があるくらいである。しかしそういう人は、ふっ、哀れなものだな。そうして旨いものを求めて東奔西走しているわけだからひとつ場所に馴染むということがなく、常時、下客扱いをされているのだ。ばはは。その段、俺は。思いつつ店のドアーを押してなかに入ったところ、従業員が実に不思議そうな、突如として舞い込んできた病み犬を見るような目で見る。まったくもって毎日のように来ている俺の顔を知らぬのか。くそうなめやがって。憤慨していると、店員は他にいい席がたくさん空いているのにもかかわらず、盛り上がった主婦が談話に興じ、その子らが奇声を発したり、水を口に含んで吹きかけあったり、走り回ったり、泣き叫んだりしている席の隣のひときわ小さな丸いテーブルの置いてある席に私を案内した。

まったくもってもぐりもいいところで、マネージャーを呼んで抗議しようと思ったが、私をこんな目に遭わせたことが店長に知れたら彼女は馘になるに違いなく、それは可哀相というものだ。我慢をしていると別の店員が注文を訊きに来た。きかなくてもよい、いつものやつだ、と言おうと思ったが、もし彼女が失念していたら恥をかかせることになる。「いつものシュリンプとアボカドのサンドイッチを呉れたまえ。あ、それからいつものようにコーヒーをお願いしましょうおず」と言ったところ、彼女は莞爾と、合点承知と、心得た、という雰囲気の笑みをたたえ奥に引き込んだ。わはは。やっぱりわかっていたのだ。主婦の笑い声、子供の奇声を全身に浴びつつ上機嫌で料理が運ばれてくるのを待っていると、くわっ。いつも後にしろといってあるコーヒーが先に運ばれてきた。なにを考えておるのだ。と思っていたら、くわっ。いつもトーストしろと言ってあるのにトーストしないで持ってきた。くわっ。予の顔を見忘れたかっ。松平健の口調で怒っていると、くわっ。隣の子供が予の顔めがけて水を吹いた。口中に苦虫の味が静かに、静かに広がっていったのであった。

世の中の仕組みを見通したのらくら者の涙

最近の小倅の間で、やりたいことがない／やりたいことがみつからぬ、などと称して仕官も奉公もしないのが流行しておるらしいがまったく同感で、つまりこれはどういうことかというと、基本的に世間を渡世していくということはやりたくないことの連続で、ほとんど大抵のことはやりたくないのだけれどもまあひとつくらいやりたいと思う仕事があるかも知れないと思って会社説明会場にふらふらやってきたけれども説明を聞いているとやはりやりたくなく、なかなかやりたいことがみつからぬのだ、ということである。

つまり夏の炎天下草むしりをする。寒風吹きすさぶなかで溝浚いをする。なんてなことは身体も辛度《しんど》いし恰好よくもないのでなるべくこれはやりたくなく、しかしながら銭が儲かるというのはどういうことかというと、大抵の人がやりたくないなあ、と思っているそのやりたくない気持ちにつけ込んでそのやりたくないことをやる、すなわちネガティヴな気持ちに銭で決着・落とし前をつけるということで、一緒になってやりたくねぇなあ、という気持ちを発揮していたのでは銭は儲からない。ところがまあそうはいうものの十人十色というじゃない、人間にはそれぞれ個性というものがあって、他がやりたくないことが自分にとってはやりたいことであるような場合がことによるとひょっとしたらもしかしてあるんじゃねぇの？　実際の話。という観点に立ってやりたいことを探す、すなわち現代社会において遊山旅行などポジティヴな「やりたい」ことをやるにはカネがかかるが「やりたくない」ことを他人を使ってやる場合もカネがかかる、そこを逆手にとって、自分の「やりたい」と他人の「やりたくない」ことがいい方向で繋がるようなチャンネルを探すという寸法である。

まあしかしそういうことは闇雲に、犬も歩けば棒に当たる式にやってもなかなか見つからぬのであり何事も科學的にいかんければならぬ。論理的にやらんければならぬ。そこでここは一番、各々のやりたいこと／やりたくないことを整理してそれぞれがうまく交通するかどうかを探ってみてはいかがでしょうか？　それについてはとりあえず小生をサンプルにとってみましょう。というのはなにを隠そう小生は当年とって四十歳になるのですが、わはは、若い時分から労働を厭悪して、さまざまの理窟を唱えてはのらくらと働かずとうとうこの歳になるまで一度もまともに働かないでぬらぬらとその日を暮らし陽が暮れぬうちから瓢箪を抱えて往来をさまよい歩き、酒を口のみしながら酔い泣きして近隣住民に怖れられ、一月元旦に昏倒して救急車で運ばれているようなばか者であるからで、このような馬鹿者にもふさわしい生き甲斐を感じる職が見つかるということが証明されれば有為の若者があたら無駄な一生を送ることもないと考えたからです。

　では最初にやりたいことを列挙してみましょう。そしてこれを心底厭う人があればその人は私にお金を払ってそれをやらせればよいわけです。

　とそういえば以前私は私が働かないで生きていくための資金を調達するための会社を作っていたことがあります。この会社の名前を「メドック」といいました。

　知り合いのところに借金を申し込みに行き、「この度、会社を作りました」と言って名刺を出すと、知り合いが、「ほう、それはよかったね。ところでどういう訳でメドックという名前にしたの？」と興味深げに聞くので、正直に、「ワインが好きだから」と答えたところ、急に冷たい対応になってお金も貰えず、会社は即座に潰れました。支払いばかりで売り上げが一円もなかったからです。

　この伝でいうと、パン屋。それも手作りパン屋というのはどうでしょうか？「ほう、ところで君はどういう訳で手作りパン屋をやろうと思ったのかね？」「パンが好きだから」という訳です。さらにはなぜ手作りパンなのか？　ということですが、まあ一応、手作りパンの場合、手作りなわけですからこれは大抵、自家でこしらえる。自家製ということですね。これに比して大手のメーカーが機械で拵えるパンはパン工場でやはりこれを拵えているわけで、ということはパン工場まで毎日、行かなければならないということでこれはけっこうタリーというか、面倒くさい。朝早くから電車に乗ったりバスに乗ったり、そういうことはちょっとやりたくなく、しかしながらその段、自家製の手作りパンならば自家だから通勤の必要はないわけで、やはり、手作りパン屋がオレなんかの場合はやはり適していると思えるのである。

しかしこういうことをいうとなんだかやる気がないように思うかも知れないがそんなことはなくオレにだってパンに対する愛情があるっていうか、やっぱパン好きだしー、だから手作りに対するこだわりっていうか、そういうものを大事にしたパン屋にオレはしたい。だからまあなんつーか、一日に作る量も自分が納得できる量しか作らないというか、だから極端に言って、一日にパンが一個しかできない日だってそれはあると思う。でもそこで自分を誤魔化してパンをたくさん作るような真似はオレは絶対しない。でもはっきりいって変な話、オレだって食っていかなきゃなんねぇ訳だから値段も妥協できねぇっつうか、やっぱそのパンは十万円になってしまうと思う。けどしょうがない。それが客のオレに対する誠意っていうか、そういう筋の通った客にしかオレのパンは売りたくない。というような手作りパンの店を僕は「やりたい」のだけれどもどうだろうか?　というとこれは完全に成立する仕事でしょう。というのは家庭の主婦や独身者は基本的にパン作りを「やりたくない」と考えているからで、わはは、ここにめでたく「やりたい」と「やりたくない」とが交錯して仕事が成り立ちました。ほらね。だから自分はいったでしょ?　こういう風になんでも整理して論理的科學的に考えれば雇用問題などは直きに解決するのですよ。

といって最初自分はこういう例をもっと挙げようと思っていた。すなわち、ノロ鹿丼屋になりたい。刀鍛冶になりたい。瓦製造をしたい。野菊を全身に巻き付けてデカンショ節の仏訳版を歌いながら野原を走り回りたい。倒立して自転車に乗りオレンジと餅を町中に撒いて歩きたい。などおよそ若者のやりたそうな事をそれぞれ仔細に検討し事業家の目途をたててあげようと思っていた。しかしながらそうもいかぬというのは瓢簞から駒、冗談からパン、オレの、俺自身のパン屋のことがけっこう現実的って言うか、そっちの方に割とマジになってしまったからである。

パン屋。けっこういける。パンが好きだから。けっこう本音。ということはオレはパン屋をやってけっこうサクセスっていうか、才能と個性を発揮できるかも知らん。そう思うとわくわくするなあ。いってないでさっそくパン屋を始めようと思ってオレは愕然とした。パン屋を始めるに当たってはパン屋の店舗。各種原材料道具その他の細々したものが必要で、そのためには相当の資金が必要となってくるのであるがメドックもいまはなく、またあっても、オレは完全に徒手空拳、にもかかわらず、パン屋に必要な資材・資金を調達せんければならず、実はこれだけの話、オレはそういう面倒くさいことは死んでも「やりたくない」のである。しかもさらに問題なのは、いま初めて気がついたのだけれども資金・資材の他にパン屋をやるにはパン製造の技術を習得しなければならず、これは自分がもっとも「やりたくない」ことで、しかしそこをクリアーしなければ自分はパン屋ができず、計画は一見頓挫したかに見ゆるがナニ僕はちくとも心配していない。世の中にはきっと金を払ってでも僕にパン屋をやらせたいという奇怪な欲望を持った人が絶対にいるはずで、そうなると「やりたい」と「やりたい」が幸福に出会うのであって、そうなるまでは、わはは、果報は寝て待て、一見したところ炬燵に首までつかって寝てばかり居るように見えるが、腹には大志を抱いて時節を待っているだけだから意見したり生活態度を批判したりするのはやめてちょんまげ、といったところ僕の話聞いていた巣鴨の叔父さんの口中に苦虫の潰れる音がしたのが聞こえた。

球が的にあたらない

日曜の夕。窓の外を見ると世間が騒がしいのでなにごとかしらんと調査したところ家の近辺で祭礼があって、しかもその祭礼というのが三日間にわたる大規模な祭礼で、これを目当てに遠方からわざわざ汽車に乗ってやってくる人があるほどだという驚くべき事実が判明した。

と、そういえば平生たいして人通りのない家の前の道を民衆がやる気のない足取りでぶらぶら歩いていくのが見える。自分はなるほどそうだったのか、と思いつつ茶を飲んで放屁をして、我ながら大したものであると思った。というのは通常の愚民がそうして自宅近くで祭礼があるというのを知ったらどうなるだろうか？　やはりそこは愚民。祭礼という非日常的な雰囲気に神経を高ぶらせ、祭りだ祭りだと喚きつつ尻を端折ってぷりぷりの尻をのぞかせ、帯に団扇を挟みねじり鉢巻き袖を肩のところまでまくって裸足で飛び出すに違いない。それに引き比べてこの僕ときたらどうだ。やはり人間としての格が違うというか、実に落ち着いたものですよ。祭礼など無視して部屋のなかでピジャマを着て泰然自若、心静かに書見など致しおるのであり実に渋い。こういうのを、わはは、超俗的、高踏的態度というのだ。そしてしかし人間というものは現状に満足していてはお終いだ。常に向上心を抱いておらんければならぬ、つって自分はさらに超俗的高踏的な挙に出た。すなわち土日祝祭日は休日と定めていたのにもかかわらずデスクに向かいて仕事をこれ開始したのである。まったくもってなんという高踏的な態度であろうか、と自らの超俗ぶりに半ば呆れつつも自分は仕事を進めた、と言うとそれはしかし嘘である。というのはいったいどうしたことだろう？　平生であればデスクに向かってちょっとちゃらちゃらすれば半ば自動的に、山の頂で仙人が鶴に餌付けをしているがごとくに高踏的な仕事の世界に入っていけるというのに今日に限って無暗にそわそわとして心落ち着かず雑念雲の如くに湧きて、ちくとも仕事の世界に没入できぬのである。

これはいったいいかなる禍事であろうか。おっかしいなあ。と自分は訝り、周囲の状況を仔細に点検した。特に異常は認められない。強いて変わったところを挙げれば床に白い達磨が転がっていることくらいだがこれは昨夜酔っぱらって達磨を抱いて少し踊ったからである。となると次に疑ってみなければならぬのは自分自身ということになるがこれも別段変わったところはなく、念のため体温脈拍血圧などを測定してみたがいずれも平常値でまったく異常はないってことはもしかしてあの祭礼が僕に影響をあたえてんの？　あんな空虚な空騒ぎがこの超俗的な僕に？　そんなあほなことはある訳がない。しかし現にそわそわとして心落ち着かず仕事が進まない。そして他に変わった点がない以上、そわそわの原因はあの祭礼以外に考えられぬのである。自分の静かな生活をかき乱すとはなんたら怪しからぬ祭礼であろうか。こんなものはしかるべき筋に働きかけて即刻中止命令を出してもらわんければならぬ。まったくもって失敬な祭礼だ。

自分は気色を悪くして立ち上がり窓際に立って世間を睨み付けた。相変わらず弛緩しきった顔つきの人々がぶらぶら歩いていく。遠くからひゃらひゃらひゃらした音楽が聞こえてくる。通りには屋台店がたくさん出ていておいしそうな匂いが漂っている。

ちょっと行ってみようかな、と思った。というと祭り見物に出掛けるようで外聞が悪いがそうでない。はっきり言ってこういうくだらないバカ騒ぎは一刻も早く除去してしまわんければ相成らぬがそれにしたって一応現状を把握しておく必要があるし、また先ほどから少しく腹が減っている。つまり自分は祭り見物に出掛けるのではなくして早めの晩飯を食べに出掛けるのである。わはは。じゃあ行こう。しかしいくらなんでもピジャマ姿では出掛けられない、外出着に着替えなければならぬがここで自分ははたと迷った。というのは、あまりくだけた恰好で出掛けた場合、この祭礼の弛緩しきったムードに同化してしまうおそれがあり自分としてはそれは避けたい。かといって無暗に着飾って出掛けるのもなんだか祭礼が嬉しくてはしゃいでいるようにみえるかもしれぬという懸念があるからである。暫時黙考の挙げ句、なぜだか昔から家にある草色の作業ズボンに白いワイシャツ、素足に牛革のスリッポンを履いて表に出たのである。

通りに出て自分は直ちに後悔をした。げしゃげしゃであった。平生歩いている道路がラッシュ時の車内のような具合になり果て、ほんの百米進むのに五分も十分もかかるという体たらくであった。しかもただ混雑しているばかりではない。道の両側には獣肉を串に刺したものを火で炙ったものやその他雑多な食べ物を商う屋台が櫛比《しっぴ》していて人々はこぞってこれらを購入の挙げ句、驚くべきことに人々はこの混雑のなかでそれら獣肉を歩き食いしているのであった。しかもラッシュ時の電車内ではみな一様に渋面を作りなにかに耐えているような風情であるが、この祭礼の人たちはみなそれと同様の環境であるのにもかかわらずへらへら笑いを浮かべているのである。

日はもはや暮れ、突如として立ち止まる人、流れに逆行する人、ソースを前の人の高そうな服に垂らしている人、この雑踏のなかで輪になって談笑をする人などの表情が屋台店のアセチレンランプの黄色い光に照らされて暗闇に浮かび上がっていた。

自分は一刻も早くこのエリアを抜け出そうと焦ったがいけどもいけども群衆雑踏をきわめていて抜け出すことができない。というより人波によってどんどん祭礼の深奥部に流されていく。気がつくと自分はなんだか訳の分からぬテントの前に立っていた。周囲を見渡すと人々がてんでなフォームで十米ほど向こうの的めがけて毬を投げている。わけが分からずおろおろしているると係員然としたひとがつと近づいてきて笊に入った毬を自分に手渡し有無を言わせず五百円を徴収した。訳が分からないが、ともかく毬を投げ的に当てればなにかよいことがあるのだなと思ったものだから自分は、真剣に真面目に心の底から的に当たることを念じて大仰なフォームで毬を投げた。ところがどういう訳か毬は大きく逸れひとつも的に当たらない。すると脇で見ていた係員然としたひとがまた近寄ってきて、お兄さん残念だったねぇと言って、安物の鉛筆を一本呉れたのである。

自分は屈辱感でいっぱいになった。この超俗的な俺が気安く、お兄さんなどと言われ鉛筆を貰っている。しかも毬はひとつも的に当たらない。周囲の様子を窺うと、男性はけっこうな確率で的に当て大きなぬいぐるみや風船を貰っているし、非力と思われる婦女子でさえキティのバッグやライターを貰っていて鉛筆という最低の景品しか貰えないのは自分くらいのものなのである。

くぬう。自分は今度は自ら係員然とした男を呼び五百円を渡して毬を買ったのである。

三十分後。七千円を費やして漸く獲得したこけしを手に自分は寂しい笑みを浮かべつつその場を立ち去り、歩き食いは情けないのでと思って、一軒だけ通常の営業をしていたレストランに入り大ぶりのメニューを開いて閲したところ、くわあ、自分としては屋台店の獣肉を歩き食いするのではなくただ座って食事ができればよかったというのに、そのレストランたるや本格フレンチ料理を供するレストランで、しょうがない、自分はやむなく、テーブルに置いたこけしと作業ズボンに冷たい視線を注ぐ給仕の兄ちゃんに料理を三皿持ってくるように命じ、そうなった以上、酒を飲まぬと平仄《ひょうそく》が合わぬ、葡萄酒もこれを飲んだ。腹が重いなあ、そのかわり財布が軽いなあ、と思いつつこけしを持って自宅に立ち返った。かっぱ。

卑屈得。世紀寒

過日。非常に混雑する駅の券売機の行列に長時間並び、ようよう自分の番が来た、さあ切符を買おう。しかしながら僕はちょっと凄いぜ。なんとなれば、いままでせんど待たされて思ったのだけれどもみんななっちゃいないね。というのはだよ、はっきりいって長時間並んでいるわけだよ、ね。その間に表示板を閲して目的区間の料金を確認、銭入れから必要な銭を取り出しておけば切符を購入するのに必要な時間が短縮され、結果的にみなが幸せになるのだけれども、見ていると誰もそれを実行しないでただ便々と口を開けて自分の番が来るのを待ち、番が来て初めて案内板を見上げ長いことかかって料金を確認、それからやおら鞄をまさぐって銭入れ取り出し、ガマ口を開けて銭を取り出しているのであり、その段、自分は料金はとうに確認済みだし、銭ももう大分前から取り出してあるのであって、へっ、掌のなかでねちゃねちゃになっているくらい、俺ってすっげぇ段取りいいぜ、ってことで、こういうことが結句、公共の福祉につながる、と切符を買おうとしたその矢先のことである。

疾風のごとくにというとちょっと違う。護謨毬が跳ねるがごとくというと大幅に違う。林檎のごとくというと全く違う。そしてこれらの比喩の表現のなにが違うのかというとそれではそこに漂っていた姑息感というか卑怯な感じが表現できていない気がするからであり、ええっとなんちゅやええのかなあ、ってそう鼬《いたち》。鼬のごとくに列と列の間を、ひとりの、痩せた、背の低い、うす茶色のセーターを着た、貧乏くさいおばはんが腰をこごめて、すみませんすみませんと言いながらもの凄いスピードでしゅしゅしゅと走ってきたかと思うと、俺の段取りのよさなどものの数ではない、恐るべき手際の良さで切符を購入してしまったのである。

これはなにかというと、すなわち割り込みである。こういうことはやってはいけないということを我々は幼稚園で習った。にもかかわらずこのおばはんは割り込みをした。これはいったいどういうことであろうか？　このおばはんは幼稚園児にも劣る存在なのか？　というとけっしてそんなことはなく、例えば、あの切符を購入する際の手つきの素早さひとつをとってみてもなかなか侮れぬものがあるのであり、園児はおろか、素早さに関してはけっこう自信のある俺だってああ素早く切符を購入できるものではないのである。

ということはどういうことか。つまり、あのおばはんは割り込みということはこれをやったらあきませんよ、ということを重々承知しながら敢然これを行ったのである。

そしてここで、はて。おかしいなあ。やったらあかんということを知っているのだったらやらないはずなのになぜやるのだろう。おばはんは気がおかしかったのかしらん。と訝る人があったとしたらその者は馬鹿者である。なんとなればおばはんは、割り込みをしたら自分が得をするので割り込みをしたに過ぎず、つまりおばはんは自分の得。これをやったらあかん、ということを天秤にかけ自分の得をやったらあかんことよりも優先したのが明白だからである。

しかしそれはやはりやってはあかん。なんとなればそのおばはんが得をしたことによって他の者が損をするからである。一人の人間が他の多くを犠牲にして利を貪るのはこれはよろしくない。

といってしかし利を貪るという言葉は悪いけれども、たとえそれが正当な取引であったとしても、誰かが得をするということは必ずや誰かが損をするということではなかろうか、と自分は思う。例えば先日、新聞に、米国でＩＴバブルがはじけて倒産したＩＴ企業の在庫を集めて格安で販売する業者があって激烈に儲かって得をしている会社があり、また、人民は様々のものを格安で購入できて、たいへんハッピーな感覚を味わっている、という記事が載っているのを読んだが、この場合、人民と業者が、得をして、きひひ、と笑う得の分は、潰れたＩＴ企業やその取引先が損をした分そのまま得になっているのであり、そういう風に考えると、興ざめというか、得をする度に実に不愉快な気分になり、得をしても心の底から、きひひ、と笑えぬような心持ちがするというのは実に因果で、日常での様々の得、例えば、人生についてどうも前向きになれぬので俯いて往来を歩いていたところ、きひひ、十円硬貨が落ちている。以前であれば、きひひ、得をした。と喜んでいたのだけれども、得というのは人の損、すなわち自分が十円得をしたということは、これを落として泣いている人があるわけで、それを知りつつ我ひとりが、腰をこごめてこれをひらい、他に悟られぬよう、すみませんすみませんと唱えつつ鼬のように物陰に走り込み、きひひ、と笑うのは人としてどうだろうか、と思ってしまうのである。

しょうがないのでせっかくの十円を棄て、そのままいってしまうのだけれどもそうすると今度はなんだか十円の損をしたような心持ちになってどうも釈然としないというか、列に割り込まれたような納得のいかぬ気持ちになり、そんなんだったら俺が拾っておこうか、などと気持ち心ハートマインドは千々に乱れるのである。

もっというと電車に乗るさいなどハートはさらに苦しい。まあ十円くらいのことであれば、いくら苦しいといっても三歩も歩けば別の、もっと巨大な問題、すなわち各種支払いや家庭内のもめ事などについて考えるうちに忘却してしまうのであるが、電車に乗り座席に座ることができるかできないか、というのはこれ、目的地に到着するまで、或いはした後も、現実の問題として重く我々にのしかかってくる重要な問題といえるからである。ひとりの人が席に座る／得をする、と当然、誰かが席に座れない／損をするのであり、先ほどの十円と違って、その得をした人が損をした人の目の前にいるというのも問題をさらに難しくしている。

黄色い線の内側に三列に並んで俺は猜疑心に凝り固まっている。そら俺だって多少、鼬のような感じになって早足で歩くくらいのことはするかも知らんが、そんな無茶なことはしない。いちおうルールを守り、そのなかで自分が座れなかったら座れなかったでこの損を甘んじて蒙り、なにごともなかったかのように吊革に全体重をかけゆらゆら揺れて車窓を流れる風景をぼうと見つめるだろう。つまり損得を運気の流れに任す、ちゅうかな、そういう操作をして暴れるハートを宥める。しかしながらなかには無茶なこと、すなわち降りる人の流れに逆らい荷物を振り回して周囲のひとを殴りつけ、暴言を吐き散らしながら疾駆してまっしぐらに空席に向かう人があるかも知らん。その場合のことも考慮して、自分も少しは自分のなかの鼬の度合いをあげんければならぬかもしれず、しかしそれをやりすぎると自分が右のような人と思われるかも知らんし、そこいらの配分が難しい。と考えるうちに電車がやってきて扉が開き無我夢中でいろいろやって、しかしこの場合、座っても、また座らなくても、心の底から、あはは、と屈託なく笑うことはできず、鰯のような目で世間を盗み見しつつ、きひひ、といやらしく笑うか、激しくかぶりを振りながら、イヒヒイヒヒ、と絶望的に笑うしかないのであり、とかくこの世は生きにくい。なんとか損得という概念を棄てて生きていけないものだろうか、と思案していると背後から、「早くしろ。馬鹿野郎」という罵声が響き、周章《あわ》てて銭を券売機の穴に入れようとして見事に失敗、あたりに銭をぶちまけて、すみませんすみません、と謝りながらこれを拾い集めたのだけれども怒った群衆に突き飛ばされ、そのまま這いずりながら駅舎を出てタクシー乗り場に行ってまた並んで、きひひ。あひゃあひゃ。

DPEの憂悶

過日。インタビュー取材を受けるべく指定された場所に出掛けていったところ、編集者に、おまえは写真をやるのか？　と尋ねられ、返答に窮した。そういえばそれ以前にも、若いカメラマンに同様のことを訊かれたことがある。

なぜそう訊かれるかについては心当たりがある。というのは、以前、自分は新聞に週一回フォトストーリーというのを連載していたことがあり、末尾に写真も筆者、というクレジットがあったからで、自分に、おまえは写真をやるのか、と尋ねる人は、それを読むか、または、あいつは写真を撮りよるらしい、と人づてに聞くかしたか、どちらかだと推測されるのである。

またその連載が始まる前から自分は外出時も家の中でもときおり写真を撮るのを常としており、自分が写真を撮っているのを見かけたことがある人も何人かはあるかも知れぬ。しかしだからといって、イエイ、やるぜ。とは到底答えられない。というのは、おまえは写真を撮るのか？　と尋ねられれば、イエイ、ときおり撮るぜ、ベイビー。と答えることはできる。それは字義通り、なにかにカメラを向けシャッターを切るということだ。しかしながら、やる、というとこれはまた別の意味を帯びるからで、すなわち、やる、というと、ただ単に撮るのではなくして、それによって生計をたてる、までは行かぬとしてもただ単に撮るよりはもう少し、やってる感、というか、例えば山に行って高山植物の写真を撮るとか水辺に行って鴨や家鴨の写真を撮るとかサーキットに行ってレースクイーンのねえちゃんを撮るなどし、さらには道具たるカメラもまた、コンビニエンスストアーで売っているようなレンズ付きフィルムやそれに毛の生えたようなカメラではなくしてもっと高級で専門的な、はっきりいうと価格の高いものを使用するなどして、その人生において通常の生活とは一線を画した特別な行為であるというニュアンスを帯びるからである。

その段自分はまるで駄目で、よい加減なカメラで家の中や近所の風景を撮っているばかりであり、例えば最近自分が撮りDPE屋が呉れる簡易アルバムに入れてある写真を見ると、香典返しに貰った花瓶に活けてある間抜けな花。籐の籠に入り不貞腐れたような顔でカメラを睨んでいる拙宅の愚猫。近所の不味いレストランの窓から撮ったゴミゴミして汚い町並み。ゴミと空き缶が散乱する街角の自販機コーナーに泥酔して昏倒している痴れ者。汚らしい草花。俎のうえに絶望的な顔をして横たわっている不味そうな鰯。などで自分でもいったいなにを考え、なにを写そうとしてシャッター押したのか、ちくとも判然としないアホーな写真ばかりで、こんなことではとうてい写真を、やってる、とは言えず、自分は、貴君、写真をやってるのか？と訊かれる度、滅相も御座らん、と答えることにしているのである。

しかしどういう訳か枚数だけは無暗に撮る。もっとも撮っていたときなど、日に五本も六本もフィルムをＤＰＥ屋に持っていっていた。それがみな右のごとき無意味かつアホーな写真なのだから恐れ入る。我がことながらなにを考えているのだ、と思う。

そんな風に意味のない写真を大量に撮るものだから引き越しをして新しい土地に移ってもっとも早くに馴染みになるのはＤＰＥ屋で、向こうからやってきた見知らぬおばはんが丁寧にお辞儀をする。はたして誰だったか知らんと思いつつ挨拶を返してＤＰＥ屋のおばはんだと気がついたのは大分たってからだった。

自分がおばはんの顔をまるで覚えていないのに先方が覚えているのは自分が大量に出すフィルムのなかに家の者が撮った自分の肖像写真等も混ざっていたからである。

しかしながら考えてみればこれは大いに問題で、なんとなればその肖像写真たるや酔余の挙げ句に座興として写したものが多く、例えば瀬戸物の鉢を頭に被っておけさを歌っている写真。

猫を相手に浪花節を唸っている写真。炬燵の上に上がってやっこさんを踊っている写真。肌脱ぎになってエレキギターをかき鳴らしレッド・ツェッペリンというバンドの「ロックンロール」という曲やワムを熱唱している写真。甚だしきに至っては、これは自分ではないが、コンサートツアーを行った際、酒に酔うと衣服を脱ぎ捨てる癖のあるギター奏者の陰茎をドラム奏者が割り箸でつまんでいる写真なども これ、混入していることもままあるからで、店土間に機械を据えて現像をしているDPE屋は自分のこれらのアホーな日常をつぶさに目撃しているのである。

まったくもって恥ずかしいことこのうえなく自分はすまして、や、こらどうも。なんて挨拶をしていたが、いくらそうしてすましたところで、右のようなアホーな写真を見られたのではなんの意味もない。

そんなこんなでDPE屋のおばはんと路傍で行き会う度に気恥ずかしい思いをした自分は、それに耐えかねて、というかまあ他にも理由はあったのだけれども、心のどこかにそんなことが引っかかっていたこともあってそのDPE屋のある土地を一年あまりで退転したのである。

次に住んだところでもやはりDPE屋とは直きに馴染みになったが、しかしこれは実によい

DPE屋であった。先ず第一に、父と娘と弟の三人でやっているこのDPE屋は先のDPE屋と違って市街をぶらつくなどということを一切しないでいつも店内にいて仕事に専念していたため往来で出会って気まずい思いをするということなどまるでなかった。さらにこの親子はいたって接客態度がよく、というかよすぎるほどで、主に父が現像を担当し、ティーンエイジャーの娘と息子が接客を担当していたのであるが、いずれもきわめて腰が低く、フィルムを渡し連絡先を告げる或いはプリント済みの写真を受け取って金を支払い店を出るまでの間、娘は絶えず頭を下げ続け、なんら落ち度があったわけでもないのに、すみません。すみません。申し訳ありません。ごめんなさい。すみません。と謝り続けるのであった。

父は一見、温厚そうな人物であったがそうして娘が接客をしている姿を見つめる視線には実に厳しいものがあり、日頃から娘らにお客にはゆめ粗相があっては相成らぬぞよ、と言い聞かせているに違いないということが看てとれ、娘よりさらに若い弟坊主はいっときは父のそうした圧制的な教育方針に反発、だせぇんだよ、うぜぇんだよ、やってられっかよとばかりに、髪の毛を色粉で染め耳輪をつけ米国系アフリカ人のごとき服を着て接客態度もぶっきらぼうで投げ遣りであったが、健気な姉の姿、黙々と働く父の姿を見てやはり俺たち一家は結束して頑張らねばならぬと悟ったのであろうか、いつの間にか姉そっくりの口調で謝りつつ接客をするようになったのである。

自分はそんなに謝る必要はないのだが、と思いつつこのDPE屋を利用し続けたが、もろもろの事情があってその地をも引き越しをしてしまい、件《くだん》のDPE屋へはそれきり行かなくなってしまったのであり、あの客に対して必要以上に気を遣う一家のこと。毎日のように行っていた自分が突如として行かなくなってしまったのはなにか落ち度があったからに違いないと思い詰めていないかがとても心配で一度事情を話しに行かねばならぬと思いつつ忙しさに取り紛れて三年あまりが経過しており、そのことが原因で娘や息子が自暴自棄になって正業を放棄して暴れ出す、なんてなことになっていなければよいのだが、と、いまとても心配をしているのはかっぱみたいな。

人生のループ

いまの世の中なにが辛いといってカネがないほどつらいことはなく、そのことは、カネがないのは首がないのと同様、という人があったり、また、惚れ薬、なにがよいかといもりにきけばいまは儂より佐渡が土、なんてなことがいってあることからも知れるのであり、それくらいにカネというのは大事なものである。

けどまあ自分など。そうしてみながカネカネと喚き散らしながら狂奔している世の中の風潮を嘆き、そういう風潮に警鐘を鳴らすべく歌を拵えたことがあるというのはちょっと豪《えら》いなあ。文句をちょっと書いてみると、

「カネがねぇなんてあんた嘯《うそぶ》く前に愛をしようよ恋をしようよ肉を喰い散らして。愛してるぜ。恋してるぜ。そんなことは大嘘。寿司桶にも仏はある。こびりついた飯の光。おうおうおうおうおう。えいえいえいえいえい。おうおうおうおうおう。えいえいだだど丼。」と、ここから先がまるで思い出せぬうえ、うろ覚えで正確ではないかも知れぬがまあ大体こんな文句で、最初のうちこそ、カネがないということなど忘れて愛に生きようではないか、と呼びかけている

のだけれども、自分は、ごめんなさい、割と正直者というか、嘘のつけぬ質で、そのような主旨に則って曲世界を展開、愛してるぜ、恋してるぜ、と一度は言ったものの、その直後に、そんなことは大嘘。と歌ってしまっている。

というのはすなわち、愛は愛。これは人間にとって重要なことで、愛の歌を歌うのはよいのだけれども、それとカネとはまったく無関係で、それは例えば、「ちょっと姐ちゃんウイスキー頂戴」と酒を注文。しかるに姐ちゃんは、「あらごめんなさい。ウイスキーは売り切れっす」「飲み屋でウイスキーないちゅうのはどもならんな。ほた、ビールでええわ。ビール頂戴、ビール」「ビールも売り切れっす」「ビールも売り切れやの？ しゃあないなあ。ほた酒でええわ。酒頂戴。酒」「売り切れっす」「しまいに怒るで。ほた、いったいなんやったらあんねん？」「そっすね。冷蔵庫があります」「は？」「日本酒もビールもウイスキーもありませんが冷蔵庫ならあります」「おまえなに考えとんねん。冷蔵庫が飲めるかあ、ぼけ」という御議論と同様で、それぞれ人間にとって同じくらい重要であるのにもかかわらず、けっして冷蔵庫はウイスキーの替わりにはならぬように、愛がいかに重要であろうと、ふたつは別のものなので、けっしてカネの替わりにはならぬのである。

つまり僕の歌の、カネがないと嘆いていないで愛に生きよう、という呼びかけは完全に間違っているのであり、僕は早々とそのことに気づいて、そんなことは大嘘。と歌ったのである。

しかしながらそう歌ったからといってなにが解決したといえよう。カネがないという問題はちっとも解決していない。しかも腹が減ってきた。本来であれば倹約をして粥でも炊いて喰えばいいのだが心がささくれだってとてもそんなことをする気にならない。自棄になって特上寿司を取ってしまったのである。しかし喰い終わってみるとそれも虚しい。黒い寿司桶の底に白い飯粒が光っている。そういえば米の飯粒のことをシャリというが、シャリ。舎利。舎利骨。俺もいずれ骨になるのだなあ。という詠嘆を、えいえいえいえい。おうおうおうおう。とスキャットとも間投詞の連続とも取れる不分明な音声に紛らわせて最後は、だだど丼、という存在しない丼ものに詠嘆を解消、寿司と丼のイメージをループさせて歌は終わっているのである。

つまり結局最終的に、カネがないという問題をこの歌は解決できなかったのであって、まあ、そうと知りながら愛があればけっこういけるぜ、と最後まで、ウイスキーの替わりに冷蔵庫を飲み込むことができるような嘘をつく御連中よりはまあ誠実といえるが、やはり正直者が馬鹿を見るというか、世の中というのは妙なところでそうして嘘ばかり言っているような歌がばかすか売れ、自分の歌のような正直・誠実な歌はちくとも売れぬのであり、苦々苦々。ウーマンイザ苦オブザワー。自分は歌世界ばかりではなく、現実の世界でも、カネがねぇ、ってことになってしまったのである。

しかしながらこれは僕だけの問題ではない。というのは、自分はこれまでの人生において多くの人と面会・面談したが、カネが有り余ってしょうがなく、もう邪魔でしょうがないので最近では燃えるごみの日に棄ててますよ。なんてな人はただのひとりもなく、大抵の人は金の算段に相当の神経を遣っており、甚だしき人に至っては歌が売れなくて貧乏な自分に、気が滅入るような愁嘆なことをいろいろといって五万円を借りて行くなどしたのであって、カネがねぇ、ということについて、みなそれぞれ問題を抱えているといえるのである。しかしながら歌では解決できぬ。いったいどうしよう。と悩んで、わはは。と笑う人がこれあるというのは、今度は、カネはねぇけどコネだったらあるかも知らん、すなわち、愛はカネのかわりにならぬかも知らんがコネだったらなるかも知らん、という御議論である。

例えばレストランにいって一皿千円の料理をとろうと思ったとする。ところが、くわあ。嚢《のう》中《ちゅう》には三百円より入っていない。通常であればまあ千円の皿を取りたいけれども自分は三百円しかもっていないのだからいたしかたない。へいボイ。この、不味そうな三百円の皿を持ってきて頂戴。というところなのだけれども、しかしながらやはり千円の皿をそういいたいなあ。しかも御覧、周囲のこの状況を。大抵の人はみな千円の皿を取っているし、よほど貧乏そうな人でも八百円のをそういっている。ええい。業腹だなあ。と思っている人はカネのない人で、この場合、目を潤ませボイに、愛してるよ、と囁いたところで千円の皿は取れないのである。しかしコネがあったらどうするだろう？　すなわち、この千円も持っていないバカがこの店のシェフと以前から肝胆相照らす仲であったとしたらどうだろう。

甘えたような声で、マスタアー、マスタアーと親しげに呼びかけ一般の客には出さぬ特別料理を三百円で食べることができるやも知れぬのである。そしてこれを見た他の千円の客は、まったくもってなんたら羨ましいことであろうか？　たったの三百円であんな旨そうなものを喰っていやがる。なるほどコネというのはカネに勝る。俺も早くコネを拵えんければ。と嘯いて、食事を早々に切り上げ、コネを捜して往来をふらつくのである。

さほどにコネというものは重要で、だから自分もコネを使っていい目をみんければいかんのであり、ええっと、自分にはどういったコネがあったかなあ、と日頃から親しく交際している友人、知人の顔を思い浮かべた。はっちゃん。源さん。徳さん。鶴さん。気さくないい奴ばかりだ。みんな陽気にその日その日を暮らしている。

悲しい気分で風に吹かれていると脳裡に勃然とさきほどの歌詞の続きが浮かんだ。その文句はこんな文句、すなわち、「コネがねぇなんてあんた嘯く前に海に行こうよ空を見ようよ蟹と戯れて。民の竈、空っぽだぜ。心のなかをぶらり旅ふたり旅。旅路の果て。じごくを見た。みすぼらしい工場で。これからもう死ぬまでもう。俺は一生はたらかねぇ。おうおうおうおうおう。えいえいえいえいえい。おうおうおうおうおう。えいえいだだど丼。」という文句で、は は、これは人生のループだね、つってサンダル履いて自宅にほど近い目挙論食堂という食堂に行き、おばはんに強引にコネつけ、カネにモノいわせて別料金を支払って、揚げ銀杏、鶏の肝臓、山の芋、焼鯖、白米などを超現実風味に調理した特別料理、ただど丼を拵えさせたが、その味たるやきわめて悪く、砂を嚙むような索漠たる気分であったが、表面上は爽やかな顔。金を支払ってとぼとぼ帰った。

ドゴンの珍奇

なんでも稀なもの、珍奇なものがよい。なんとなれば稀で珍奇なものというのは稀で珍奇なだけに数が少なく持っているだけで他に対して自慢ができる、或いは、まあ珍奇なものといってもも日用品・日常品の類だから買うときは安値なのだけれども時代がつけば高値で転売できるかも知らんし。って、てへっ、それが本音だったりして、なんてのは冗談で、そういう欲望はまあないとはいわぬが、あくまでも珍奇なものを購入する際のスパイスのようなものであって、実際はモノに惚れるというか、本当に好きで買うわけだし、そしてそういうモノを持っているということこそが俺をカタチ造るっていうかモノから逆算されるオレっていうのがあるわけで、凡庸なモノを買って自足しているオレはやはり凡庸なオレだろうし、逆に稀少なモノを買って持ってれば俺は他の凡庸なアホ、普及品で充足しきった豚のごとき大衆に比してスペシャルな俺であれるわけで、だからやはり俺は珍奇なもの、稀なモノにこだわる。こだわり続けるのだ。のだ。のだ。世間は雨。

と思ってたら、くわっ。忘れてたが、植木に水を遣らんければならぬ。実に面倒くさい。なんとなれば、その植木というのが、まあ、はっきり言って珍奇でもなんでもない、凡庸きわまりない植木だからで、そんな凡庸だから自分はちくとも愛情が抱けないというか、正味の話、むかつくといっても過言ではなく、俺はいつも植木に水を遣りながら、「このありきたりの腐れ植木めが。アホめが。俺は忙しいんだよ。にもかかわらずこうして俺の手を煩わせるなんざあ。ふてえ野郎だ憎い野郎だ。たまには手前で水を飲みにいったらどうだ? そういうことすらしないでそうやって傲然と葉っぱを生やかして俺が水を持ってくるのを待っている。まったくもって見下げ果てた乞食根性だ。腐れ植木が。枯れやがれ、痴れ者が」と罵倒するものだから、まあ植木と雖もそういわれるといい気がしないのであろう、すっかり根性がねじ曲がって不良化、元来、真っ直ぐ伸びる筈の枝を妙な具合に伸ばしたり、葉っぱから得体の知れぬねねばの油を噴出させ、枝の下に置いてあった非常に稀少な雑誌のバックナンバーやきわめて珍しいジーンズなどを台無しにするという暴挙に出て、そうなると俺もむかつくというか、ますます可愛くないから、植木に対する罵倒はますます非道いものとなり、そうすると植木はますますいじけて、ねばねばを無茶苦茶にまき散らし、そうすると俺も腹が立つから……、という悪循環に陥るのである。

しかも植木が植木なら植木鉢も凡庸このうえなく、ほんとうに神経に障る。せめてドゴン族の臼くらいなものに植わっていれば多少珍奇なのだけれども。そのうえこの植木にはもっと現実的な問題すなわち、水受けの皿の問題というのがあって、通常、植木鉢に植わった植木に水を遣った場合、下の穴から小便が垂れるように水が垂れてくるが、それを防止するために水受け皿を設置してあるが、どういう訳か俺の家の植木鉢にはその水受けの皿がなく、替わりに不細工な平皿が設置してあり、しかもこれが平皿なものだから深さがない、ちょっと油断して水を遣りすぎると直きに泥水がどれ越してカーペットを汚染するのである。

まあだからそれを防止するために正規の水受けの皿を買ってくればよいのだけれども今日までそれを躊躇していたのはあの水受けの皿、白くて丸いプラスチック製のやつというのが、普及品のなかの普及品という感じがしてどうも気にいらんかったからである。

しかしながらもはやそうも言っとれんだろうというのはそうやって怒りながら水を遣るものだから殆ど毎回のようにどれ越さしており、カーペットは泥水と植木の噴出させたねばねばの油で無茶苦茶になっており、状況はとにかく水受けだけでもなんとかせんとどうしようもないところまでさし迫っていたからである。

犬も歩けば棒に当たる。もしかしたら珍奇な水受け皿があるかも知らんし、よしなかったとしてもなにか代用になるようなものでしかも珍奇なものがあるかも知らん。例えば、昔の、そう俺らがガキの頃に観ていたアニメーションの絵が描いてある深皿とかそんなものがあるかも知らん、って、そんなものがあったら水受け皿にしないで大事に飾って置くけどね。

幸い雨も上がったようだ俺は高銭を出して購入した非常に珍奇なジーンズを、とても稀少なティーシャツ、きわめて希有なスニーカーを身にまとい、珍奇な玩具、人形、レコード、衣類、ポスター、雑誌などで足の踏み場もない自室を出た。

町は凡庸で月並みなもので溢れかえっていた。普及品、大量生産品のオンパレード。群衆は凡庸な服をきて凡庸な車に乗り凡庸な人生を送っている。俺はそうして凡庸なもので自足している大衆の姿を見ながら、自分の感覚の鋭さに感謝すると同時に、しかしそういったもので満足できない自分は生きていくにあたって少しく辛度《しんど》い目に遭っているなあ、とも思っていた。

結局、珍奇な水受けの皿はなかった。しかし俺は満足だった。というのは町を歩き回るうち、へっ、俺ってまるでハンターだね、きわめて珍奇な限定販売のインスタントラーメン。古雑誌ひと揃え。まったくもって稀少な米国製の菓子入れ。普通は売ってないフレーバーのシリアル。通常では手に入らないであろうアイドルタレントのテレホンカードなど、さまざまの珍奇なものを獲得して帰宅したからである。

ふたつ宛買ってきたそれら品々を手にとってうち眺め、金網シェルフのそれぞれコーナーに安置の挙げ句、今度はやや離れて眺めて俺は少しふるふるして、そういえば少しく、腹が減ったなあ、と思った。また外出するのは面倒くさいのでピッツァか弁当の出前でもとろうと思ったが、そういえば期間限定のバンブーバーガーというのが確か今日で終わるはずだ。これを食べ逃したら大変だ。一生、後悔するに違いない。しかもいまバーガーを食べると特製の犬のぬいぐるみが貰えるはずだ。この犬のぬいぐるみについてはこれまでも配布されていてもちろん俺はすべて持っているが、これも配布期間が決まっていて、そろそろ終了するはずだ。あぶねぇ、あぶねぇ、危うく犬のぬいぐるみ貰い損なうところだった。俺はあたふた出掛けてバンブーバーガーをみっつ食った、きわめてまずかった。歯がばきばきになるような感じだった。でもいいぜ、犬のぬいぐるみ、兵隊の恰好をしたのと、調理師の恰好をしたのと、ラスタの恰好をしたの、みっつとも手に入れたからな。わひひ。わひひ。わひひ。三度笑って俺はハンバーガー屋をリーブ。

プラスチックバッグから犬を取り出し、これを眺めつつ俺はほつほつ歩いた。いいなあ。いい感じだなあ。メタルの限定ロボット犬なんかより、全然、いいよ。俺、買えなかったけどあんなものいらねぇ。まあ、安かったら買ってもよいが。よいが。よいが。と、それにつけてもこの、犬の、黒目がちのつぶらな瞳がいいなあ。実に、実に、と思いつつ歩いていると、前方から、屋根のない輸入高級自動車が走ってきた。乗員は俺と同じくらいの年齢であろう男といま少し若い女で、ふたりとも高価そうな衣服を着ていて実にいけてる感じ、ことに女の方は、くわあ、いい女だなあ。見とれていると自動車は、ばしゃん、水たまりに突き込み、結果、俺に泥水を浴びせかけて走り去り、俺の稀少な衣服は、稀少なぬいぐるみは泥まみれになった。珍奇が財力に敗亡したのだ。俺はただちに自宅に立ち返り、高級輸入自動車を購入すべく、約一カ月をかけて収集した珍奇・稀少なモノをすべて売却した。手元に残ったのは僅かな凡庸な日用品とふざけた植木と売却代金弐萬八阡圓であった。俺はドゴン族の太鼓を購入、最近はなにもない部屋でこれをうちならすのが日課。日課。日課。

環境の地獄変・ふるふる

新聞雑誌テレビ週刊誌などで環境問題が取り沙汰されるようになって久しいが人間が便利に生きていくということと自然環境が守られるということは両立しにくく、人類の文化が発展すればするほど地球はぼろぼろになっていくのであって、そういうことが段々に分かってくると、人間の方も心配というか、いくら自分ばかり発展しても生きていけない環境になっちゃっちゃあしょうがないというので、少しばかり発展はやめて、或いは発展するにしてもそのあたりを考慮、わき目もふらずに闇雲に発展するのではなくして、周囲の状況を窺いつつ、ぐにゃぐにゃ腰を振って右顧左眄《うこさべん》して発展していこう、ということになった。

わが朝においても、俺はいくぜ。もう無茶苦茶に発展してやるぜ。つって栄養ドリンクを飲みながらがんがん発展してきたのが、そういう空気を察知するや、なにごとも「地球にやさしい」感じでいきましょぃな、などというようになって、地球にシビアーな商品は悪いってことになった。

じゃったら地球に優しいということは具体的にどういうことであろうか？　歩く場合でもあんまりどすどす歩くと地球が痛い思いをするので可能な限りそおっと歩くなどしなければならぬのだろうか？　というとそんなことはまるでなく、真に注意しなければならぬのは水や空気をなるべく汚染しないようにするということで、例えば個人で注意できることといえば自動車の運転ってことがある。

自動車の排気ガスというのは実に地球にシビアーで、なかには乃公《だいこう》ひとりが運転をしたからといって大したことはあるまいと嘯いて環境に対してなんらの顧慮もしない人があるがそれは大きな間違いでこういう人は渋滞に遭遇するなどすると必ず、くっそう混みやがって。なんでこない混むんじゃぼけ。と状況を呪うが、はは、アホである、その混む原因が他ならぬ自分であるということにちくとも気がついていないのである。

したがって運転をする場合でも停車中はエンジンを切ってアイドリングをしない。用がないときは無暗に出歩かず家に閉じこもる。やむを得ず外出をする際はバスや地下鉄といった公共の交通機関を利用する。それとてエネルギーを消費している以上、水や空気を汚すおそれがあるので近くであればバスにも乗らず少しくらいなら歩く。または自ら走るなどの配慮が必要だし、また手などを洗った場合でもペーパータオル等を大量に使用すると、紙の原料というのは木な訳だから、使った分だけ森林が伐採され地球に優しくないので、エアータオルを使用する。しかしそれとて、電力を消費しているわけだからその電力を拵えるために燃やした火のために空気が汚れるからこれも駄目だから、自分の手巾で手を拭くのがもっともよいのだけれどもよく考えてみればこれもいずれは洗濯をするわけで、洗濯をした後の水は地球の水を汚すからこれもよくなく、だからたとえ泥に油にまみれていたとしても手などは絶対に洗わないということになり、そうすると衛生的によくなくそれが原因となって自分が滅びるということになるのである。

ところがそうしてバスにもタクシーにも乗らず、家でもエアコン等けっしてつけず夏は汗だくになり冬はがたがた震えて頑張り、そして最終的には滅びることを覚悟したところで、そこまで地球に優しく自らに厳しくする人はそういないから世間の人はバスに乗りタクシーに乗り、無暗にアイドリングをし、エアコンをがんがんつけて楽しく暮らしている。ジーゼル車が害毒を撒き散らしながら我が物顔で横行しているのであり、これは、やったもの勝ちというか、さんざんに努力をして自分が貯えた地球へのやさし味ポイントをなんらの努力もしない赤の他人がかすめ取っていくということで、考えてみればこんな不公平なことはなく、そこで、もう怒った。俺は知らん。となるのは当然の成り行きなのであるがしかしながら、もう怒った。俺は知らん、といって、自分もまた無暗にアイドリングをし、エアコンをがんがんつけ、手もがんがん洗ったらどうなるだろう。結句、その分、地球が駄目になるわけで、そうすると自分もまた生きていけなくなるのでありつまりいろいろがんがんするということは自分の首を絞めているのも同然、ということでそれは困る。しかしなんの努力もしない赤の他人のために自分が不自由するというのもこれむかつく話で、つまり地球には優しくしたい。ところが地球に優しくすることが結果的に全く努力をしない野郎に優しくするということになってしまうのがむかつく、ということなのである。しかしながらもっと突き詰めて考えると、自分は地球が好きだから地球に優しくしたいのかというとそうではなく、地球がなくなると自分が生きていけないから地球に優しくするのであって別に生きていけるのであれば地球がなくなっても別段かまわぬのである。

とすればどうすればよいか？　要は水と空気さえちゃんとしておればよいわけで、わはは、世の中には浄水器というものがあり、そして空気清浄機というものがある。これらを取り付けさえすれば、わはは、いくら水や空気が汚染しておっても大丈夫なのであり、こういうところに気がつくなんて俺は本当に頭がいいなあ、わはは、わはは、と喜んでさっそく空気清浄機と浄水器を購入・設置。地球がどうなろうと俺だけは大丈夫だと、エアコンをがんがんつけ、酒を飲んで歌を歌いつつ放屁をしたのである。

空気清浄機にはメーターがついていた。室内の空気が汚染されているとこのメーターが赤くなり本体の働きによって空気が清浄になると緑色になる。リモコンを操作して作動をさせてみると放屁の影響であろうか、メーターが真っ赤になってふるふる震えている。これはいかんと事態の成り行きを見守っていると高速でファンが回転、周囲の空気を腹から吸い込み頭から清浄な空気を噴出させ、屁その他によって汚染した部屋の空気を浄化、メーターはぐんぐん緑になり、部屋の空気はまったく清浄なものと成り果てたのである。蓋《けだ》し菩薩行といえる。

また浄水器の蓋は取り外しができるようになっていて、その蓋を取ると内部が透き通って見えるようになっていた。浄水器の内部には凧糸を太くしたような腸《はらわた》が渦巻いていて腸に二本のチューブが繋がっていた。彼は一本のチューブを伝ってやってくる水に含まれる毒素を自らの腸に存分に染み込ませ、しこうして後いま一本のチューブにそうして毒素を取り除いた水を送り込むのである。まったくもって崇高な行為といえる。

ところがある日のこと。メーターが真っ赤になっているのにもかかわらず、空気清浄機はいっこうに作動しようとせず、不貞腐れたように押し黙っている。また、浄水器も腸を通したのにもかかわらず、ちくとも毒を吸わず、それが証拠に水の味がおかしいのである。いったいいかなる禍事であろうか？　彼らもまた自分のように赤の他人のために犠牲になるのは馬鹿らしいと思ったのか、と調べてみると彼らの内部のフィルターが長年吸い続けた毒や屁のためにすっかり腐り果て、がために作動しなくなってしまっているのであった。

とそういえばと考えると家の中にはいろいろなフィルターがあるはずで、だいたいにおいてフィルターというものは毒と屁を吸うために取り付けてあるはずなのだが自分はここ何年もそうしてたくさんあるフィルターというものを交換していない。ということは家庭の毒はちくとも除去されず、部屋のなかの水や空気は目には見えないが汚染されきっているのではないだろうか、と恐怖、とりあえず調査してみようとまずここだな、と椅子の上に立ち、天井に埋め込んであるエアコンのフィルターを取り外そうとしたところなかなか外れない、えいっ、と力を込めた途端、足許がぐらついて椅子から落下、腕と腰を強打したうえ、大量の埃を肺臓に吸い込んで真っ赤になってふるふるふるふるふら。

国際うどん祭り

最近グローバルなんてなことを吐かすアホがあって、なんでもグローバル、すなわち地球規模にいかんとあかぬらしいが、なんとも疲れることである。

なんでそんな辛度《しんど》いことをせんとあかぬのかちっともわからへんが、なんてなことをいうと、ほら、もうこれが既に大阪弁でしょ？　もう全然、話にならぬ。やはりこれからのグローバル化の時代は日本語なんてローカルな田舎臭い言葉を喋っていてはあきません、って、ほら、そこっ。大阪弁になってますよ。さっきから、ドーントスピークジャパニーズっていっているでしょ。況《いわん》や大阪弁をや。ってそら漢文調。こんなものもローカルでよろしくなく、やはりグローバル化に備えて英語を喋らぬといかんし、こういう読み物原稿もなるべく英語かラテン語、若しくは社交上必要となってくるであろうフランス語等で書くのが望ましく、事実、新聞雑誌などの文章における片仮名語は年々増加の一途を辿っているでしょ。或いは通貨なども、円、なんて田舎臭いカネはやめて弗《ドル》と合併したらどうだなんてな人があるくらいである。

まあそれくらいにグローバル化の勢いは激しいということでまあそうしてグローバル化が進

むと自分のような人間にとっては実に生きにくい世の中になるといえ、というのは、右にみたとおり、日本固有のローカルな田舎臭いものは全部廃止してまえ、あほが。欧化政策じゃ。鹿鳴館じゃ。なめとったら殺すぞ、あほ。ということになって日本にいても外国にいるような感じになってしまうと予想されるからである。

自分にとって外国での生活は苦難の連続である。なにもかもが不可解でなにもかもが腹立たしい。電車に乗ろうと思ったら切符の買い方が分からない。乗換駅が分からない。出口が分からない。行き先が分からない。諦めてタクシーに乗ろうと思ったらタクシーが摑まらない。摑まっても相手がなにをいっているのか分からないし、自分がなにを言っているのかも分からない。いろんなスイッチはなにがなんだか分からぬし、大抵の機械は故障しているし修理屋はふざけているのである。

そんなこんなで外国ではなにかとまごまごすることが多く、こんなことでは到底、グローバル化の波に乗り切れず、自分はグローバルになれない国辱的ローカル主義のアホのパンクとして生き、そして死んでいくのであって、まことにもって情けないことこのうえないが、しかし、人前でハローだの、ボンジュールなどというくらいならまあその方がましというものかも知れない。

しかしやはりグローバルというのは世界の趨勢でだからこそグローバルなのであって、この循環具合がなんともインチキ臭いが、しかしやはりこれはやらんとあかんことであり、官も民も頑張ってこれを行い、マスコミの論調等もグローバル化はこれを推進すべし、と謳っていることが多いのも相俟って、わはは、よかったねぇ。ほんとうによかったねぇ、東京などでは異人の姿を見かけることもよほどこれ多くなったのであり、むかしの田舎を異人が歩くと、「やーい。ガイジンや。ガイジンや」などと囃しながら悪童が随いて歩き、甚だしい場合に至っては石を投げるなどの光景も散見せられたが、さすがにいまの東京で異人が石を投げつけられて往生したという話はきかない。しかしながら何事も一足飛びにというわけには行かず、町を歩けばまだまだ日本語の看板等が目につくし、往来をしている人の殆どが日本語を話しているという体たらくで、その後進性たるや実に目を覆いたくなるものがあるのであり、こんな腐った田舎の国にわざわざ足を運んで下さった外国のグローバルな方々が御不自由な思いをなさっていると思うと、なんとも申し訳ないなあ、悪いなあ。もはや立春も過ぎたなあ。という気持ちになる。

そこでまあ自分のような田舎の土民が口幅ったいようではあるけれども外国の人が困惑するであろうローカルな事情について、いずれ改善されてグローバル化するには違いないだろうけれども、それまでの間、御不自由の内容に若干の御説明をしておいた方がよろしいからちょっとしておくと、例えば、立ち食い饂飩なんていうのはちょっと説明をしとかんとあかんでしょう。立ち食い饂飩。スタンダップ・ヌードル。これは時間のないときなど、実に便利なシステムで、まあいわばファストフードの一種である。どこにいけば立ち食い饂飩を食べることができるかというと、立ち食い饂飩のことを、駅そば（ステーションズ・ヌードル）なんて呼ぶ人もあることから知れるように、駅に行けばかならず立ち食い饂飩があるので立ち食い饂飩は容易に見つかりますよ。この立ち食い饂飩は値段も安価で栄養価も高い。立ち食い饂飩は日本を訪れたらぜひ試してみたい一品ですよ。では立ち食い饂飩の店舗を発見したら次にどのようにすればよいのでしょうか？　それは実に簡単です。食べたいものを決めて注文をし、お金を払って品物を受け取ればよい。ただそれだけです。しかしそこはグローバル化されていない腐った猿の国のこと。いくつか注意しなくてはならない点がありますので以下順を追って説明させていただきますです。

まず最初になにを食べたいかを決定します。基本的に饂飩は出汁《だし》と麺で構成されていますが、それに具と呼ばれる、海老、鶏卵、豆腐料理の一種などのトッピングと薬味と呼ばれるスパイスと香草が加わります。大抵は店頭のショウケースに蠟で拵えた美しい模造品が並べてあるのでそれを見てきめるといいでしょう。ただし、グローバル化されていないアホの国なのでそのネーミングにはなんらの論理性もなく、一品一品にただ気まぐれな名前が付いているので注意して下さい。例えばフォックス（きつね）、という料理には狐の肉はただの一グラムも入っていません。彼らは薄揚げという薄く切った豆腐を油で揚げたものをきつねと呼んでいるのです。まったく訳が分かりません。注意して下さい。

次に食べるものが決まったらこれを注文するわけですが、ここは特に注意をすべきところです。立ち食い饂飩の店にスツールはなく、カウンターの向こうにコックが立っています。他に店員らしきはいません。カウンターには人々が寄りかかり夢中で饂飩をｓｌｕｒｐしています。この人々の間に割り込んで俯いて仕事をしているコックに日本語で、きつね、と発言するのには気後れを感じる人が少なくないでしょう。しかしそれをする必要はないのです。というか、それをやってもコックは返事もしてくれなければ饂飩をつくってもくれません。これはあなたがガイジンだから差別をしているのではありません。（そう思いこんで暴れると逮捕されますので注意！）饂飩を食べるためには事前にイート・チケット（ショッケン）を購入する必要があるのです。もう一度店の外に出て下さい。入り口の脇に四角な乗車チケットを販売するマシーンに似た四角い釦のたくさんついたマシーンがあります。これが食券の自動販売機です。コインを入れ好みの釦を押しましょう。下の四角い穴からチケットとフィッシィング・マネー（釣り銭）が落ちてきます。（日本に町田　康という三流の詩人がいますが彼の「こぶうどん」という詩はこのシステムを無視してカウンターで直接うどんを注文して殺された女の悲しい死をうたった叙事詩です）

あとはカウンターに黙ってチケットを置けばオッケー（大丈夫）です。ただしここでも注意することがあります。立ち食い饂飩には同じ名前でも必ず二種類の料理が存在します。例えばムーン・ウォッチ（月見）といった場合、うどん、と、そば、という二種類の料理が存在します。うどんはその麺が白く、そばはグリーンです。ただし、北米の人などはこの違いが気になることはほとんどないでしょう。エニウェイ（いずれにせよ）あなたは食券を提示すると同時にコックに、うどん、にするか、そば、にするかを告げればよいのです。

後は食べるだけです。特にルールはありませんが、ここは立ち食い饂飩です。座って、或いは、腰掛けて、食べるのは重大なルール違反です。絶対に立って食べて下さい。奇異に映るかも知れませんがこういうことは重要です。関係ありませんが階段のダンス・スペース（踊り場）では必ず踊って下さい。礼儀です。

言い忘れましたが周囲の日本人を見ると食後に必ず背の低いグラスから水を飲んでいますが、これはあらゆる欲望を獣性に近いものとして忌む日本人の、クリーンアップ（清め）という儀式です。宗教に抵触するものではありませんのでエキゾチックなムードを楽しむためにはぜひ実行してみて下さい。水はカウンターの片隅で配っています。

書き終わると口中にきつねの肉の味が広がった。

地獄の風水・地獄のライフ

やることなすことがうまくいかない。

進行中の仕事は、中途で邪魔が入って頓挫したり、クライアントが突如倒産したりしてなにひとつ成就しない。上司に叱責され、部下に笑われ、自分の評価はすっかり下落してしまった。そのうえ女に逃げられた。なんでも自分という人間は一緒にいてもちっとも愉しくなく、そのうえケチで出っ歯で足が臭いのだという。自分は、「落ち葉の食い過ぎ」という自作の歌をうたって一夜泣いた。その後、間もなくして女は、ＩＴ長者の青年実業家と結婚したと風の噂に聞き、自分はまた口惜し涙に暮れたが、やがて、そんなやつより金持ちになって女を見下してやる、と決意した。なにがＩＴ長者だ。浮き沈みの激しい世の中だ。一夜明けたら一文無しってことだってある。そのときになって吠え面かくな！

心のなかで激しく毒づきながら、さて金持ちになるにはどうすればよいのだろう、と思案に暮れていたところ、渡りに舟、年来の大親友が年間の利回りが八パーセントに及ぶという有利な投資先を極秘裏に紹介してくれた。

わはは。待てば海路の日和ありける。喜んで全財産を投資して三月ほど経った頃友人は行方知れずになった。わはは。自分は詐欺被害にあって全財産をだまし取られたのである。吠え面かいた。

気分転換にドライブにでも出かけようと高速道路に入ったところ、いくらも行かぬうちに渋滞に出くわし、しまったなあ、と思っていたら居眠り運転の乗用車に追突され、車は大破、自分は全治三ヵ月の重傷を負ってしまった。相手は手形の決済に追われて金策中の男で車は無保険車輌、当人にも支払い能力はなく、治療費はまるまる自分の負担となった。

三ヵ月後、首にギプスをはめて出社したところ自分のデスクはなくなっていた。自分は入院中にリストラ対象者となっていたのである。うわべはへらへらしていたが、内心ではらわたが煮えくり返る思いだった。ひとが不慮の事故に遭い入院している最中にかかる卑劣な工作をするとはまったくもってなんという会社だ、と思った。爾来、出社しても居場所がないので一日中社内をうろうろしている。みんな自分に出くわすと目を背ける。自分はへらへらしてるけど。

ホームにたどり着くのは必ず電車が発車した直後だ。発車間際の電車に乗ろうと階段で駆け出して踏み外して転んだ。交差点にたどり着くと信号は必ず赤。年賀状はきわめて少なく、入念にチェックをしたがお年玉付年賀はがきの最下等の景品すら当たらない。コンビニのレジでは順番を飛ばされ、財布を落としてカメラを盗られた。

そろそろ俺も自殺のしどきかな。そんなことをぼんやり考えながら休日の午前中にぶらりと入った書店で自分はたまたま手に取ったある本から目が離せなくなり、そのままレジに持っていって購入、二宮尊徳のような恰好で読みふけりつつ自宅に立ち帰りソファーに横臥して貪るように読了。部屋を見わたして、これまでの自分になにが欠けていたのか。なにがいけなかったのか。その一切を悟った。

書物の著者は駄地間　光。書物の名前は「地獄の風水」。すなわち自分は風水的に悉く誤った部屋に住んでいたのである。

まず自分の場合、自室にスチールのデスクを置いているのがよくなかった。「地獄の風水」の見地から言うと疫廃雲と分類される自分にとってスチールのデスクは身体を突き刺す剣と同等のもので、これによって自分が命を危うくすることはほぼ間違いがなく、先般の事故もこのスチールのデスクのせいだし、恐ろしいことに六カ月後に自分は新宿の「大黒食堂」という食堂の前で鉞を手にしたシャブ中の人に襲いかかられ、脳天を叩き割られて死ぬようなことになるのが確定しているというのである。よかった。早いうちに「地獄の風水」を読んでおいて本当によかった。自分はスチールのデスクをごみ集積場まで引きずっていき、それから渋谷のデパートへ出掛けていって木製のデスクを購入した。手持ちの資金が足りず、しかも数カ月前からクレジットカードが決済不能になっているのでちょっと暴力的な感じの金融屋で資金を借りた。「地獄の風水」で運気を上げ、お金を儲けて返済をすればよいだけのことである。

次に自分の場合、北西の壁に絵を掛けているのがよくなかった。「地獄の風水」の見地から言うと自分はこの方角から人気《じんき》の運気を取り入れる必要があるのだけれども絵がその運気を吸着してしまっているというのだ。しかもその図柄、紫色の土俵のうえで紫のまわしを締めた狸と弁天が相撲を取っており紫の天井から紫色の素麺が垂れていてそのなかを無数の鯔《ボラ》が滝上りをしているというのが非常によくなく、人気を吸い取るばかりではなく、悪因縁・悪評判の運気を部屋中に発散しており、仕事がうまくいかぬのもすべては絵のせいであり、この絵をこのまま掛けておいた場合、自分は友人・知人、親・兄弟はおろか、全人類共通の敵として憎まれ嘲られ、孤独と恐怖と絶望と憎悪のなかで狂乱の挙げ句に悶死するというのである。自分は原宿の画廊で派手な身なりをした若い女に、「絶対に運があがる」と推められこの絵を購入、いまだにローンを払い続けているのだけれども背に腹は代えられぬ。自分は慌てて絵を外し、ごみ集積場に叩きつけて、「地獄の風水」が推奨する海の魚の絵、といって烏賊《いか》の絵しかなかったのだがまあ海には違いない、を古道具屋で買ってきて埃を払って壁に掛けたのである。下手くそかつ気味の悪い絵で、その割には値段が一万八千円と高かったが仕方ない。これで仕事がうまくいくなら安いものである。

さらには、北東のキッチンに通信販売で買った鋳物のゴミ箱を置いているのが最悪だった。自分が女に逃げられたのはこのせいであり、このまま放置すれば性格極悪の魔性の女とのあいだに悪因縁が発生し、何十年にもわたって苦しんだ挙げ句、我が儘放題のバチが当たってとうとう女は発狂、しかし引き取り手もなく、極貧のなかで女の奇矯の言動や発作の世話・尻拭いを自分がするという生き地獄のような晩年を迎えるという。自分は慌ててゴミ箱を捨て、もう金がない、百円均一ショップで自分のラッキーカラーだという草亀色のゴミ箱を買ってきた。

それ以外にも、ホームにたどり着くのは必ず電車が発車した直後なのは電話を東に置いているせい。発車間際の電車に乗ろうと階段で駆け出して踏み外して転ぶのは西向きに鏡を置いているせい。交差点にたどり着くと信号が必ず赤なのはカーテンのフリル、お年玉付年賀はがきの景品が当たらないのは、部屋の南西の隅の竹の鉢植え、コンビニのレジで順番を飛ばされるのはデスクの上のルー・リードの写真、財布を落としてカメラを盗られたのは冷蔵庫のなかで干涸らびていた玉葱がそれぞれ悪かったと原因も知れ、わはは。もう完璧だ。これで悪いことが起きる要因はなにひとつない。後は幸運が、どっぱーん、と押し寄せてくるのを待つばかりだ、とひとりほくそ笑み、部屋のなかで運気を呼ぶ飲み物、ボンベイ・サファイアをがぶ飲みながら幸運を待った。どっぱーん。ある日、ドアがぶち破られ。

隣のリストラされた中年男。家の中の物を洗いざらいごみに出すから引き越しでもするのだろうと思っていたらそのまま居座り終日酒ばかり飲んでいる。

やはり自暴自棄になっているのだな。と思っていたらある日、暴力的な男に連れ去られた。そういえば玄関のポストに入りきらぬくらいの督促状が来ていたな。わはは。風水的に悪い部屋に住んでいたからああいうことになるのだ。あほだ。俺の本を読んでいないに違いない。あほだ。

麺のグルーヴ・人民のグルーヴ

点け放しのテレビジョンから流れるぎゃんぎゃん喚き立てるばかりで無内容なこと甚だしい音が思考・思索の妨げになるのでリモコーン装置を操作して音を消し思考・思索に耽り、ふと疲れて顔をあげるとニュース画面に奇怪な文字と映像が映し出されていた。私は思索を中断午後中ずっとそのことについて考えた。画面には苦しげな顔の農林水産大臣。揃いの鉢巻きを巻き襷をかけて気勢を上げている人たち。海のなかに横たわる長大な建造物が映し出され、それらにオーバーラップして「ノリ問題」という大きな文字が踊っていた。

「ノリ問題」。蓋し重要な問題である。やはり人間なにごともノリが大事で、世の中にはノリなどなくても大丈夫と思ってこれを軽視する人があるが大間違いであって、なにをやるにもノリというものがなければうまくいかぬ事が実に多い。

なかでもとりわけノリが大事なのは器楽演奏であろう。すなわち音楽というものはそもそも楽譜通りに正しく演奏すればよいというものではなく、そこにはやはりノリというものが必要でノリがあって初めてみんなのこころがひとつになるのであって、まあ身過ぎ世過ぎというか日銭を稼ぐために音楽を演奏する者もこのノリがあるからこそ楽しく生きていけるのであり、ノリがないということはすなわち死を意味するのである。だからノリの問題は死活問題であるといえ、みんなはもっとノリのことを考えるべきだと私なんかはオレなんかは考える。

じゃあひるがえって音楽関係者以外はノリのことを考えずにすむかといえばそんなことはない。例えば合コンなんかをやる場合もノリというものが大事で、全体にノリが悪いと合コンはともすれば暗く沈みがちで男女はいつまでもうちとけず、虚しい時間のなかでグラスのなかの氷が安いウイスキーに溶けていき、男女は索漠たる気分で左右に分かれる。そう。ノリというものが悪ければこの世から男女和合の楽しみすら失われるのである。

しかしなかにはへそ曲がりつむじ曲がりの人がいて、そんなものがなくったっていっこうに構わない。かえってさばさばして具合がいいや。ひいてはノリ問題なんて俺はまったく気にしないね。へへんだ。などというかも知れない。

なにをいうか。うつけが。そしたら君は男女和合をしなかったらいい。そんなことは君の自由だ。しかし君は飯を食わないで生きていけるかな？　というと君は僕がなにを言いだしたかと訝るかも知らんがしかし言おう。ノリというものが悪ければ人間が飯を食っていくという事に関してもある種の障害が発生するのだ。というと君は、まーだそっだらごどいで、とにやにや笑いを浮かべるに決まっているがホントの話だ。その訳を話そう。といってしかし空理・空論を語っても仕方がない。私は私の体験から話すことにしよう。ああでもさっき林檎を食ったから果汁で手がぬらぬらする。ちょっと手を洗ってくるね。

洗ってきた。私は二十代半ば頃、ＪＲ新大久保駅周辺にしばしば通っていた。なんでそんなところに通っていたかという説明はくだくだしいから割愛するが、まあ新大久保というところが本当臭いだろ？　私は体験から語っているからね。

そんなある日、私は腹が空いたので駅近くのラーメン屋に入った。通好みの店ではなく、安いが取り柄の変哲もないラーメン屋である。ところが店内には殺気がたちこめていた。私はカウンターに腰をかけてすぐに一切を悟った。客席から丸見えの調理場でおっさんがひとり忙しげに立ち働いていたのであるが、そう、このおっさんの労働のテンポ・ノリがきわめて悪かったのである。

鉢に鶏卵を割り入れかき混ぜる。麺を熱湯につける。具を刻む。冷蔵庫から薬味を取り出す。丼を用意する。壺からタレをすくう。尻を掻く。火力を調節する。水槽に山積みになった茶碗を洗うなど、およそラーメン造りに必要なひとつびとつの動作が不調和・不統一・バラバラで、テンポが出ない、効率が悪い、麺のグルーヴがない、すなわち「ノリが悪い」状態に調理場は陥っていたのである。

結果、ラーメンはなかなか完成せず、私よりも大分と早くにオーダーをしていたと思しき額に手拭いを巻き付けたひとはしきりに水を飲み、手にしたスポーツ新聞をくしゃくしゃさせて調理場を睨み付け、ついに、もう四十分くらい待ってんだけどまだかよー。と、絞り出すような地の底から響くような声を発したのである。或いはパンクのカップル。男の方が、もういい。と言うと足早に店を後にして女が慌てて後を追う。また壁際のビジネススーツを着た男は何度も腕時計を見やり溜息をつくなどしていて、最終的にはプレッシャーに耐えかねたおっさんが買い出しに出掛けるふりをして店を出たなり帰ってこなくなり、結果、誰もラーメンにありつけなかったのであるが、これも調理場にノリが出てなかったゆえの悲劇なのであって、つまりノリが悪いと人間は飯もろくに食えぬのである。

これを見たか。どう? だんだんとノリというものの重要さがわかってきたでしょう。というかそれが証拠にああして報道をされていたわけだしね。だからまあ音を消していたのではっきりしたことは分からないけど、とりあえずあの地方全体のノリがちょっと落ち込んでいたのだろう。しかし右に申し上げたような唐変木というのはどこにもいつの時代にもいる。まあ、たかがノリのことだから別段そんなさわがなくてもいいんじゃない? などと嘯いてノリ問題について真剣に取り組もうとしない。しかしながら現場の生活者は敏感。ノリというものが悪くなればミュージシャンが全員死んで国から音楽というものがなくなり、男女は和合しないから出生率が低下、いきおい国力が低下。ラーメンや牛丼はいつまで経ってもでてこず人が餓え、国は衰微の一途を辿って人民が塗炭の苦しみを味わうということを身を以て知っている。だからこそ行政に対して抗議行動に出たのだろう。具体的にはやはりもっと全体的なノリを出す。往来に職場に学校にノリが溢れるようにする。そのためにはやはりノってる奴が多く集まるようなそんな町造りも必要だろう。税制面での優遇措置も必要だろう。抜本的な構造改革も必要になってくる。そういうことを断固たる態度でもって断行せずしてノリのある愉快な社会は実現しないのだ。

しかし現実にはそれらはやはり実現していないようで、牛や植物に音楽を聴かせるとその生育によい影響があるというのは周知の事実であるがそれはやはりノリよくよい牛に育つからであるが、地域にノリがないため牛は痩せ細り稲の穂は軽い。だからあのあたりで牛丼なんか頼んだらもう大変だ。外米を混入した飯に薄切り肉が二枚かそれくらいしか入っていなくて千二百円。調理場のノリも悪いしね。だからそういうことをなんとかしようとして住民は抗議行動を繰り返し農水相が視察にきたりするのだけれども事態はいっこうに改善されず、ついに怒り狂った住民は直接行動に出たのだ。

すなわち行政がなにもしてくれないのなら自分たちでノリを出す。各々自宅にたくわえてあった琵琶、三味線、大正琴、木琴、ウクレレ、リコーダー、尺八、アルトサックス、エレキギター、エレキベース、マンドリン、手風琴、ソプラノサックス、フレンチホルン、団扇太鼓、大太鼓、小太鼓、シンバル、銅鑼、法螺貝、モンキータンバリン、ハーモニカ、ピアニカ、シンクラヴィアその他を携え、県庁を占拠、きわめてファンキーなビートを基調としたクレイジーなセッションを繰り広げ、ノリの波動を全県に向けて発信しているのである。

滂沱たる涙が頬を伝った。私は猛烈に感動していた。なんたる健気な、そして力強い民衆であろうか。彼の地のノリよ、永遠なれ！　私はエールを送る意味で腰を若干落とし、足を踏みばって目を閉じ口をとんがらかせた挙げ句、首を前後左右にがくがく動かしてノリにのって踊った。

イエイ、はっ。イエイ、はっ。リズムに乗って躍動していると後頭部に衝撃。私は前のめりに倒れ気絶した。倒れ様、遠ざかる意識のなかで聞いた、「悪ノリすな」という誰かの、わっ、声。

俺はオッケーなんだ大丈夫なんだ、と百万回いう

年齢を重ねるともの忘れが激しくなると言うがほんとうにその通りで例えば人の名前が浮かんでこない、なんてなことはこれ日常茶飯事、傍らの人に、「ええっとええっとあのひとなんやったけ、ほらあのひとあのひと、なんやほら、ほらあの人やんか、ほら」と無暗にほらほら言い、しかしほらほらで分かる訳はなく、

「ほらでは分からんわ、ぼけ」

「なんで分からんのじゃあほ」

「誰があほじゃぼけ」

「誰がぼけじゃぼけ」

「ぼけやないかぼけ」

「まあそうだけど人に言われるとむかつくんじゃあほ」といった低レベルの言い争いに発展する可能性があるのであり、なかなかに難儀なことであるが、しかしまあ、その誰だか分からぬ、あの人、に急用のある場合を除くと大事には至らないが困るのは、このところ一般的なものの

名前などが咄嗟に出てこなくなったということで、例えば、銀行、という名前が出てこない。

「ええっと、あそこ行かなあかんねん、あそこ」

「あそこてどこや?」

「ほらあそこやんか、あのほれ、ええ、人があの仰山おってなんかつるつるの植木やなんかの待合いが」

「なーにをゆうとんねん」

「だからあのほれ銭がもう滅茶苦茶に回転してえべっさんのようになってる」

「ちっとも分かれへん。回転寿司か?」

「あかん。もう時間がない。行ってくるわ」と言って飛び出し、もう銀行の近くまで行ってから、

「しまった。あれを忘れた。あの、あれ。なんやたっけ? あの、ほれ。ええ、ちっこい、あのー、そうほれ、あの銭が替わりのプラスチックになったみたいな、ほれ、犬の絵とか描いたある、ほれすぐ忘れる番号の、ほれ」とキャッシュカードという名前が出てこないのに苦しみつつ家に戻るなどするうち銀行は閉店時間となり、結果、さまざまの返済が滞って自分の信用は下落、人生が辛く惨めで苦しいものとなっていくのである。

信用についてはさらに由々しき問題がある。というのは自分の稼業はいったいなにか、とい

う問題で、こういうところに文章を書いていることからも知れるかも知らんが実は自分は物書き渡世をしている者である。

物書きと言えばつまり字をつぶつぶ紙に書く人で、稼業柄、言葉については達者である必要がある。ところがどうです？　自分のこの体たらくは？　銀行、キャッシュカードといった簡単な言葉が出てこずに悶絶している。こんなことでは到底出世は覚束ぬ。というか、もっと切実な事態、すなわちあんな言語を知らぬあほに原稿を書かせたって仕方がない、と侮られ米塩に窮するということになるかも知れず、実に由々しき問題だなあ、困ったなあ、厭だなあ、と懊悩・焦慮のうちに日を暮らしていたところ、おかしげな事が起こった。

自分は家の者と連れだって往来を歩いていた。したら向こうから、ダダ毛者が八人歩きをしてきて家の者の身体にとーんと突き当たった。家の者は、イタイと声を上げた。自分は家の者を心配し、瞬間的に言葉をかけたのであるが、この言葉が妙だった、すなわち、自分は咄嗟に、「ズイジャーノ?·」と声をかけたのである。

これは当然、「大丈夫?·」というべきところであろう。それを自分は、「ズイジャーノ?·」と言ってしまった。なぜそんな訳の分からぬ言葉を口走ってしまったのか？　おそらくこれは言葉を忘れてしまっているということを余人に悟られてはならぬという焦りが原因だと思われる。家の者が、「痛い!」と声を上げた時点で、その身体を心配し、大丈夫？　と声をかけようとしたのだけれどもその言葉が出てこない。早く声をかけないとだめだ。しかし言葉が出てこない。そこで頭脳は瞬間的に代替の言語を創出し、「ズイジャーノ?・」という言葉が出てきた。もちろん家人は「?・?・?・」という反応を一瞬示し、しかしこのときは直後に、「大丈夫?・」という言葉を思い出し、家人が「大丈夫」と答えて終わったけれども。

しかしこのことは自分にとって示唆的であった。言葉が出てこない際は、ズイジャーノのごとくに即座に出てくる言語で対応すれば言葉を失していると悟られ、馬鹿だと思われたり、信用を失くしたりすることもなく追及されれば外国語だと偽ればよい、ということに気がついたのである。それからは楽勝だ。コーヒーカップという言葉が出てこなかったときも、コーヒーの入ったポットを手に、「ちょっとチューリラム取って」と言って澄ましていれば先方が勝手に思案・推測して持ってきてくれる。夜、寝床に猫が入ってきて人の顔のうえに毛の生えた手や足をのせてぶるぶる言って息苦しいときは、「マナ。マナ」と言って注意した。その他にも言葉はすらすらでてきて、ゴングサイ。ワキャーベノ。スリマー、など日常の言葉が次々と代替言語に変わっていったのである。

いまではもう言葉もすらすら出て自分としてはなんの問題もない。しかしながら問題なのはそれを余人がまったく理解できないということで、

「カリハイトが十一時までやからはよせーよ」

「なんやねん、カリハイトて?・」

「だからカリハイトやんか。ベルシットを入れとくとこやんか」

「なーにをゆうとんねん。気色の悪いやっちゃなあ」

「うるさい。ゆうてんととにかくはよせーよ」

「わーったわーった。はよするよ」とコミュニケーションが断絶してしまうのである。しかしながらとはいうものの、右に申し上げたように、あのあのほれほれ言っていたときとは違って馬鹿にされるということはなく、相手の表情には畏怖・畏敬の要素もみてとれ、また相手が難解な外国言語と勝手に誤解して信用が高まるということもあって、自分はますます代替言語を広げていったのである。そんなある日。

カフェに入った。自分はカフェが嫌いである。なぜなら外国でカフェに入り言語が通じず通常のビールを誂えたはずが労務者用のウイスキー入りビールをあてがわれ知らずにこれを飲んでくらくらになったことがあるからである。そんな心の鬱屈のせいか言葉が出てこなくなり自分はついうかと給仕に、「ウラビッタください」と言ってしまった。ところが給仕は、?・?・?という顔をしないで笑顔で頷きそのまま去ってしまった。どうせ聞き間違いをして独り合点をしているのだろう。わかんないんだったらきけっつの。心のなかで毒づいていると果たして給仕は自分が頼みたかったエスプレッソを運んできた。自分が?・?・?・だった。自分は思わず給仕の顔を見た。ジャイアントプードルのような顔の若者だった。給仕は莞爾と笑って去っていった。背筋がぞっとした。

しかし偶然かも知れない。自分は再び給仕を呼び、「ラギャラとビランデ」と注文をした。ほどなくして炭酸水とキッシュが運ばれてきた。正しい。彼は自分の言語を完全に理解している。そう思った瞬間、代替言語をすべて忘れ、頭脳のなかで無関連な言葉が輪になって盆踊りを始め、気がつくと僕はここにいました。ズイジャーノ。

反省の色って何色ですか?

なにが恰好いいかと思っているかというと僕は珍妙なものがかっこいいと思っている。珍妙。いいね。珍妙。なぜいいと思っているかというとまあなんというか、珍妙の場合、当人がなんか真面目くさっている感じがするんだよね。つまり、おかしなことをしている。おかしなことは当然しているのだけれども、それを実に当たり前のことだと思いこんでやっているということ。これが珍妙のよいところだと僕は思うのです。

なんつっても分かりにくいので通常のちょっとばかしファンシーなことと珍妙なことということのを実例をあげて説明をすると、羽織を着た男が座敷に入ってきた。顔の筋肉がへらへらに緩んで頬のあたりもひくひくしているというのは、はは、笑止だ、笑止千万だ。これから自分はなにか面白いことをいいますよ。自分は滑稽なことをやりますからどなたさんもこなたさんも笑って丁髷、などと事前に予告しているのだ。片腹痛いわ、馬鹿。滑稽なことをしますという事前の了承・了解を得てから滑稽なことをするというほどひとを馬鹿にした話はなく、その背景には、はは。どうせ相手は素人だ。これくらいのことを言っておけば笑うのだよ。なにも必死になってやる必要はない、という傲り高ぶりがあるのであって、ところが客をなめてはいけない、そんなことで誰も笑うわけはなく、しかし彼は自らが面白くないとはつゆほども思わない、ちっ。セコな客だ、などと嘯いて孤独と独善のなかで還付申告をおこのうのである。

といってほらいわぬことではない。彼は上がり框のところでわざとらしく突き転んだ。もちろんわざと転んだのだ。それが証拠に転ぶ瞬間、彼は狡猾な、実に狡猾な目つきで舌なめずりをし、さらには顔面等を保護するために両の手を畳に突いたのである。どこまで根性の腐った痴れ者であろうか。転ぶという粗忽を演じることによって人を笑わせる。もっとも低級な笑いだ。まあ基本だけど、それにしても演じ方が通り一遍。頭をかきかき立ち上がり、そいでなにをいうのだ？　なにをいうのだ？　ほほの筋肉が蠢いているよ。なに？「みなさん今晩は。仮名垣魯文です」じゃと？　おもしろくねぇんだよ。どこんじょわる。というか、かかる使い古されたギャグを人前でいうというその精神の怠惰。ナチスばりの卑劣工作。魂が凍りつく。しかしながら彼はそんなことには頓着せず、次々と高をくくったようなギャグを繰り出すのである。

これに比して珍妙な人というのは大したものだ。まず彼はへらへらしたお追従のような笑いを浮かべて入ってきたりしない。どちらかというと難しい顔をしていて愛想などかけらもないのである。挨拶もそこそこにずんずん座敷に上がってきた彼は、江戸火鉢にかけてある鉄瓶に草履を載せ、おっほほん。あっははん。などといって頻りに咳払いをしたかと思ったら懐から短冊を取り出し、これを鉄瓶の廻りに差しこんで草履を囲い始めた。だしぬけに人の家にやってきたかと思ったら鉄瓶という湯茶を入れるためのものに草履という汚いものを載せた挙げ句にこれを短冊で囲うなどというのははっきりいって滅茶苦茶で、はは、面白い。恰好いい。そして重要なのは彼はその行為によって他を笑わそうなどとは微塵も思っておらず、ただ内的な動機、すなわち表で水たまりに足を突き込んで濡れた草履を乾かそうという動機に忠実に振舞っているだけだという点である。

これこそが珍妙の本然でこういうことが世の中に溢れていたらどんなにか楽しい世の中になるだろう。どんなにか恰好いい世の中になるだろう。四月危機六月危機などといわれ将来に対する不安から人民は貯蓄ばかりして消費が回復しないでみな困っていると聞く。まあ僕自身は別にこのままじわじわ縮小していくのもひとつの見識というかひとつの人生というか人間なにも拡大だけすればよいものではないと思うけれども、みんなが困っているのであればここはひとつまず隗《かい》より始めよ、自身、珍妙なことを次々としでかして世間を明るく楽しい状態にして経済をよくするのもまあ僕のような立場の人間のひとつの使命かなあ、なんて思うのでここは一番、珍妙をやってこましたろう、と思った次第です。

まあもっとも分かりやすいのは服装でしょう。しかしながらどういう服装をすれば珍妙と言えるでしょうか。つまりそこに少しでも他をして笑かしてやろうなどという魂胆が見え隠れすればそれは珍妙と言えぬのであり、あくまでも当人はそれを粋だ、洒落ている、と思いつつも他人から見れば奇怪であるという服装でなければならぬのである。と、そういえば以前、拙宅を訪れた客で珍妙な恰好をしてやってきた人があった。その人は四十年輩のややフェミニズム思想にかぶれたような感じの女の人であったが、全体的に地味というか、千鳥格子のスーツに黄緑色の手編みのチョッキをあわせるといった具合で、珍妙というのにはいまひとつパンチに欠ける感は否めなかったのだけれども、しかし爆発的に珍妙なのはその人の首の界隈で、その人は首に木綿の手巾・ハンカチーフを巻き付けていたのである。

おそらく雑誌かなにかでそういう類のコーディネイトを垣間見て真似をしたのであろうが、その人のそれはまったくのオリジナルで、昔、歯痛の人が頬に巾を巻いたような病気のような感じ。労務者が頭脳にタオルを巻いているような感じが、その人独自の昂然としたファッション感覚と相俟ってまったく意味不明で、また、その人は自分の首に巻き付けた手巾をおもしろい・おかしいなどとは毛ほどにも思っておらず、ときおり角張った黒縁眼鏡の蔓に手をやりながら、その話す内容も些か珍妙の気を帯びた話を淡々と進めたのであって、これぞおりかみ付の珍妙。これを真似すればよろしかろう、と一瞬は思ったが、それは彼女はそれがよいと思って首に手巾を巻き付けて地下鉄に乗ってやってきたから珍妙だったけれども、それを珍妙だと思っている僕がそれをやったらもはや珍妙ではないというか、オレの顔面は他人の受けを気にしてひくひく蠢き、そのときのオレの顔たるや、猿のように狡猾だろう。そんなことではいつまでたっても景気は回復しない。したがってここはやはり自分が芯から、粋だなあ、洒落ているなあ、という恰好をしてなおかつおかしげな感じにならなければならぬのである。

ところが間ンの悪いことにどういう訳か僕はファッションのセンスが良く、そのことについて新聞からインタビュー取材の申し込みを受けたことさえあり、ことファッションに関しては大変な見識の持ち主なのである。しかしまあ仕方ない。ここはいろいろ巧んで珍妙ぶりを拵えるより、虚心坦懐、自分がよい、と思われる服装をして出掛け、珍妙は他の部分で発揮するより仕方ないだろう。

僕はメンズ牛革ハーフパンツを穿き、クローゼットから桃色の紗の長衣を取り出して羽織り、すぐに脱いだ。あることを思いついたからである。というのは長衣のバックのところがちょっと寂しいのでなにかペイントしようかなあ、と思ったのである。背中にマジックインキで、魯迅、と大書した。生地が紗なのでちょっと文字が歪んだが、はは。いい感じだ。春うららの魯迅。僕は魯迅が好きだ。

さあ町に出て珍妙に取りかかろう。でもその前にすこしく腹が減った。底を入れておこう。その方が余裕を持って珍妙をおこなえるというか、珍妙は人間の底・人格の底から天然自然に滲み出てくるものだから腹を空かせてぎらぎらしていたのでは妙にハングリーな珍妙になってよろしくない。

蕎麦屋に入っていくと店員が僕の顔を見た。僕も見た。蕎麦が運ばれてきた。僕は蕎麦のもっとも原則的な食べ方、すなわち、テーブルのうえに仰臥して顔面に蒸籠《せいろ》ごと蕎麦をぶちまけうえから出汁をかけて手を使わずに食べるというやり方で蕎麦を食べ始めた。怒声。ちょっと巧みすぎた。やりすぎた。もうしません。反省しています、って刑事さんこれでいいですか?

買いてぇぽっち。心の荒み。魂の暴れ

我々は有限の命を生きているが生きていくということは様々の苦しみに満ちていてそれ自体業苦といえる。

我々は人間以外の生命を奪うことによって生きているが我々同士の間でもまた奪い合い、おめきあい、呪いあい、殺しあう。そんなことはやめればよいのだがやめると死んでしまう。

そしてなぜこのような苦しみを負うのかというと仏説では、それは自分や自分の命に対して執着があるからでその執着さえなくしてしまえば苦しみもまたなくなるという。そらまあそうだろうがなかなか執着を棄てきれるものではなく、人間は苦しみながらあがきながら人生を生きていくのである。

そして先日。かくいう自分もまた様々の生の悩み・苦悩を抱えてあがいていた。その悩み苦しみとはなんぞ?　と聞かれれば、まあ一言では答えにくく、いろいろなものが重なり合って漠然と苦しいというしかなく、抜本的な解決法はやはり己に対する執着を棄ててしまうより他ないのであるが、そんなことは到底できない。となれば、ひとつびとつの問題に対して真摯《しんし》に向き合い、それぞれ解決の方途をさぐるしかないのである。自分はまずいま一番苦悩している問題について考えた。

いま自分が一番苦しんでいる問題。それは台所の扉のつまみの問題である。というのは自分方の台所にはいわゆるところのUの字型の流し台が設置してあり、天の部分はそれぞれ流し、調理台、ガスレンジ等になっているのであるが、その下の空間は空洞になっていて物が容れられるような工夫がしてあるのであって便利なことこの上なく、自分はここに日常に使用する食器を収納するなど実に便利に活用してきたのである。

ところが一ヵ月ほど前。なんだかぐらぐらしてきたなあ、と思っていた調理台の下のもっとも使用頻度の高い食器を容れてある扉を開閉するための取っ手というかつまみというか、丸いぽっちが突如として、ぽそっ。と取れて外れてしまったのである。

もちろん自分は修理・修復を試みた。扉を開け裏側からこれを支えているネジを差し込み、再度締め直したのである。ところが長年の酷使によってぽっちのネジ山はすっかり摩滅してしまっていてネジはまるで効かず、なんどやっても、ぐらぐらぽそっ。ぐらぐらぽそっ。の繰り返しである。自分はついに修理・修復を断念、次善の策を講じた。すなわち、その左隣の鍋や笊《ざる》の入っている方の扉を開け、しこうしてのち指先を右側の扉と支柱の間に突き込んで無理矢理こじ開けるという対策を取ったのである。

自分の魂はたちまちにして荒廃した。だってそうだろう、例えば焼き飯を拵えていたとする。焼き飯などというものは勢いが肝心だ。具をぶち込んで鶏卵をぶち込んで飯をぶち込んで、ああ、ぎゃあ、わあ。大騒ぎをしながら強力な火勢でもって、ときに空中に飯を放り投げ急冷する。そしてまた急加熱するなどして拵えなければうまくないのだ。だから自分もその原理・原則に則って焼き飯を拵える。拵えた直後はそうした焼き飯の勢いの中に魂がある。心が躍動している。だから自分としてはこれを勢いよく、ちゃあかちゃあかちゃあかちゃあか、と金属のお玉で鍋から皿によそい、焼き飯一丁あがったよ。と叫び、そしてこれを食したい。

そう思って棚から皿を出そうと思った瞬間これだよ。ぽっちがない。躍動していた心が急に静止、自分はその場にしゃがみ込み、ふぁあ――――、と深い息を吐いて暫く動けず、五分も経った頃ようやく、きわめてのろのろした動作で左側の扉を開け、右側の扉をこじ開けて皿を取り出すのである。

その時点ではもう焼き飯なんかみたくもないが拵えてしまった以上はしょうがない、いやいや皿によそい、冷めた焼き飯をのろのろと食べるのだけれどもどうもおいしくなく大半を残してソファーに寝転がり、再び、ふぁああー と深い息を吐くのである。

生きにくい。このぽっちのない苦しみから逃れるためには一切の執着を棄て焼き飯も拵えず、仮に拵えても勢いとかそんなことはいわずに弱火でべちゃべちゃになった焼き飯を二時間くらいかけて取り出した皿に盛り、うまいのまずいのいわずにこれを食い合掌をしなければならぬのであるが、そんなことが俗にまみれたパンク歌手たる自分にできるわけがない。といってこのまま放置すれば魂は荒廃する一方でこのままいけば自分がどうなってしまうか分からず、そら恐ろしいような心持ちがする。ぽっち買いますか？　人間やめますか？　自分は度胸を決めてぽっちを買いに行くことにした。

と自分がいうと、たかがぽっちひとつでなにを大仰なことを吐かしやがる。この助惣鱈がっ、と自分を罵倒する人があるがそうでない。というのは、ぽっちを買うにはこういうぽっちなどの工事関係、美術関係、手芸関係、園芸関係、木工金工関係の材料、道具などを商う専門の店にでかけていく必要があるのであるが、都心にある七階建ちのこの店たるや、いつ出掛けていってもおっそろしい混雑ぶりで、昇降機など待てど暮らせどやってこないし、また、来ている客というのが自分と同様の人生の苦悩を抱えた亡者どもで、彼らはその家庭に、ぽっちがなかったり、棚がなかったり、照明がなかったり、と様々の業苦を抱え魂が荒廃しきっているものだから当然、他に対する顧慮など薬にしたくてもない、他人を押しのけ我いち人と売場に群がり、大きな荷物をひとにぶつけて謝りもせず恬然としている亡者どもなのである。そんななかに突入するのだから決意がいるのは当然である。しかし自分だって亡者だ。行くぜ。行こう。俺は荒みきった心で車に乗り込み、少し祈ってからエンジンをかけた。世間は雨であった。

駐車場でもう生きにくい。駐車場のおっさんが意地悪なのだ。というのはこの立体式駐車場は出る車がある場合、入る車は所定の位置で待機しないと行き違いができないのであるが、その所定の位置というのがきわめて微妙で少しでも前に出過ぎるともう出る車が出られなくなるので遠く離れた別の駐車場に入れなければならない。そうならぬためにおっさんが立っているのであり、自分は入り口付近に至るや車の速度を緩めどこで待てばいいのかしら？　という顔をしておっさんの顔を見たのだけれどもおっさんはこれを傲然と無視して遠ざかり、結果自分は駐車場に車を入れられなかった。おっさんはなぜそんなことをするのだろうか？　それは意地悪をするためである。悲しい。生きにくい。

売場も予想通りであった。雨であるのにもかかわらず、げしゃげしゃに混雑していた。そんななか、やっとの思いでぽっち一個を百三十円で購入、帳場に持っていったところ帳場で奇妙な生きにくさ劇。

なんだか細々した物を帳場にならべた客は若い男で眼鏡をかけヒットラーのような髪型をしていた。自意識過剰の狂人らしく店員に、「この店の袋を持ち歩くのはださくて厭だから袋に入れるな」と言っている。対して店員は田舎者のような若い女で、「それは規則でできない」といって強情に押し黙っている。

ふたりは押し黙って睨みあうばかりでいつまで経っても解決の糸口が見えない。俺はぽっち一個なのだから早くしてくれよ。と思うがふたりとも自分というのに執着してまるで俺など気にしていない。けっこう異様な空気なのだけれども他の店員は混雑しているのといろいろ執着があるのとでちくとも気がつかない。生きにくい。しかし俺だってぽっちを買わないと魂が荒廃する、というかこの店に来て荒廃はいよいよひどい。意を決して、早くしろよ、バカヤロー、と叫ぼうと思ったけれどもそんなことをいうと乱暴者だと思われるのとちゃうか、という自分に対する執着が心に生じ、もうどうしたらいいか分からなくなってぽっちを捨てて、俺、逃げて逃げて荒野でべちゃべちゃの焼き飯。焼はまぐりを食ってる。

杜子春にたかった奴

一国の経済が悪化するとその国の人民は塗炭の苦しみを苦しむのであって、経済の安定というものは実に重要なことであるがそれにつけても杜子春という奴は情けない奴である。せんど人に飲ませ食わせした挙げ句みなに裏切られてぼやんとなっている。まるで阿呆であるが、しかし気になるのはこの話のなかで、まあ杜子春はあほだからしょうがないとして、そうしてせんど杜子春にたかった奴をこのお話はいったいどうしてくれるのか？　という点である。

調子がよいときにはわあわあ言って盛り上げてさんざんにたかっておきながら、もはやそういう余禄・おこぼれにあずかれぬと看てとるや、それまでぬちゃぬちゃ杜子春にたかっていたのを忘れたかのように、ばっ、と唐突に立ち上がり、さっさっさっさっ、と素早い、機敏な動作で四方八方に散っていく連中というのはこれははっきり言って忘恩の徒、実に卑怯で極悪な奴らだといえるが、しかしお話はもっぱら杜子春のその後を中心に展開し、きゃつらについてはまったく触れていないのであって、そのことから類推するに、きゃつらは杜子春が地獄めぐりをしている最中もまた別の誰かにべんちゃらをいってたかったり、女の子を連れ込むためのマンションを共同で借りたり、会社のカネを誤魔化して住宅ローンの返済に充てたりして愉しく暮らしているに違いないのである。

こーれはやれんなあ。神はこいつらに罰をちゃんとあてんのやろか？　いやー。あてんでしょう。結局、こういう、悪いというかこすからい奴が生き残り、ちょっとアホーな善人というのは滅びる。世の中とはそういうところであり、悪人が誅せられるのは「水戸黄門」のなかだけだ。

だからといって、かっかっかっかっかっ。馬鹿馬鹿しい。そんなんだったらオレは向後は極悪な、軽薄なことを言って人にたかっちゃあ逃げる。どんな局面に於いてもうまく、巧妙に立ち回って、たとえ恩義ある人が窮地に陥ったのか、笑みを浮かべ、「いやー、御無沙汰してます」といって便宜を図って欲しそうな顔をして近づいてきた相手に、「どなたでしたっけ？」と芯から不思議そうな調子の声で尋ね、相手が鼻白んだ隙に、「失敬」と言って用事ありげに立ち去る、などして生き延びるぜ。生き延びてやるぜ。というのは人として正しい態度であろうか？　いいや。正しくない。

いくら「杜子春」が恩知らずの不逞者を放置しているからといって自分が同じことをしてよいという法はなく、そこはやはり、俯仰天地に愧《は》じず、或いは、天知る地知る己知る、悪事は悪事であるし、そのつけはいつか必ず回ってくるのである。だから我々はいつだって行いを正しくし、受けた恩を忘れたり、阿諛《あゆ》追従してただ酒を飲んで、わはは儲かった、などと思ってはけっしていけない、と思って庭を眺めるとつくばいでヒヨドリが一心に水浴びをしていたのであった。〈了〉

と自分がこんなことを書くと直きに、「なにをえらそうなこと吐かしておさまっとんのんじゃ。そういう己はどないやねん。人に言うほど行い正しいしとんのんか、ぼけ」といった批判をする人があるが、まことにもってもっともな批判で世の中には口では偉そうなことを言っておきながら陰に回ると嘘をついて人を騙したり、自己の利益のために他を食い物にして憚らぬ人が結構あるからである。

自分はどうか？ けっこういけてると思う。といってそのことをこの場ではっきりと証明することはできぬが、しかしながらいくつかの傍証を挙げることはできると思う。まあそのなかでも有力な証拠は、いやー、こういうことを言うと自慢になるから嫌だなー、でもまあ、いいかけて中途でよすのは聞く方も気色が悪いだろうから言うけど、オレの場合、杜子春と違ってやっぱり友達が実に多い、というのがやっぱり、なんていうか普段の行いがよいというか、人と交際するに当たっての誠実、といったものが自分のなかに内蔵されているという証左と言えるのではないだろうか？

例えば先日。自分は仕事である人と会ったがその際ある人は自分に、「あ。そういえばナントカさんがよろしくと仰ってましたぜ」と言った。しかしながらどういう訳かナントカさんという名前に全く心当たりがない。しょうがないので、「自分はそのナントカさんを知らんのですが」と言うとその人は不思議そうに、「おっかしいなー。しょっちゅう酒席をともにする、昨夜も一緒に飲んだようなことを言ってたけどなー」と言って首を傾げたのである。心当たりの人物はさらにないが、とりもなおさずこのことは、常日頃から酒席をともにしている仲のよい友の名を忘れるくらい、自分には友達が多いということを示しているのであり、こんなことをいうと、友達の名前を忘れるなんて不人情じゃないか、と批判を展開する人があるかも知らんが、ちょっちょっちょっちょっちょっ、そうでない、つまりそうして忘れるくらいに友達の数が多く、その数たるや天文学的であることを示しているのである。というと、こう批判をする人があるかも知らんな、すなわち、そんな多くの人間と熱情をもって交際ができるわけがなく、それは通り一遍な底の浅い交際なんじゃないの、どうせ。という批判であるが、ふっ。青いよ。失礼ながら尊公は若いよ。よく人の話を聞いてよ、この場合、僕の方から、ヨロシクー、と言ったのではなく、ナントカさんの方からある人を介して、ヨロシクー、と言ってきたのだよ。そして、そのある人というのはここだけの話、非常に雑駁な人だ。その人が忘れずに伝言を伝えたということはナントカさんはある人に、くれぐれもくれぐれもヨロシクと言ってね、と言ったということであり、それは私とナントカさんが熱情をもって交際をしているということの証左に他ならないじゃん。これを見たか。

或いはまたこういうこともあった。先般、ある雑誌編集部からファクシミリが送られてきて、見るとインタビュー取材の依頼であった。しかしながら具体的な条件が記してなかったので、書いてあったファックス番号、三桁の市外局番がついていたことから雑誌編集部ではなく取材記者の自宅もしくはオフィースと推測される番号に、具体的条件を知りたい旨、ファックスを送ったところ、当方にとっては到底承知できない過酷な義務と、それに対する対価としての先方の義務についてはなにも記していないかまたは曖昧にぼやかした文言を記したファックスが送られてきた。当然、そのような取材は受けられぬので、このような条件では受けられぬ、という内容のファックスを送ったところ、二、三日間があって、だしぬけに取材日程と撮影場所、撮影当日のタイムスケジュール等を記したファックスが取材記者名で送られてきた。

私は驚愕しました。しかもその撮影場所たるやかなり離れた地方都市の砂丘、すなわち撮影はロケーション撮影であったのであり、また当日の集合時間は午前五時、終了予定時間は午後十二時である。私は、わきゃあ。と声を挙げ、もはやその記者では話にならぬと判断、件の雑誌編集部に直接問い合わせてみたところ、編集部は一連の経緯をなんら把握しておらず、「そんなことではあかんのと違う?」と言上申し上げたところ、「確かにあかん。しかしながら取材記者があーたと懇意だというからまかせきりにしていたのだよ」という答が返ってきた。

ところが自分はそんな人は腹の底心の底から存じ上げないので、「そのような人はついぞ知らんのですが」と言ったところ編集部は、「しかしながら記者はあーたとは前後三回会って懇意だと言ってるよ」と言い張り、いくら僕が知らぬといっても信じない。

つまりこれはどういうことかというと、僕はそうして全く知らない人とも「懇意」なくらい友達が多いということで、とってもとってもプリティーなデイズ。キュートなフレンドたちが多いということ、つまりそれくらいオレは普段から正しい行いを行っているということの証拠だ、ということがわかったので、少し嫌になった。

兄ちゃん、粋やねえ

粋ということが重要なんだ。粋ということが大事なんだ。ということを俺は誰にゆうとんのじゃ？　などいう贅六《ぜいろく》は野暮でイヤだね。粋じゃねぇ。ということがもはや粋じゃないというか、「ねえねえこれ。みてみてみて。僕の本日のコーディネート。実に粋でしょ？　実に洒落てるでしょ？」などと他に触れてまわるのは野暮の極致だし、粋ということについて真剣に議論するのもまた粋ではない。

そして自分は本日ここに粋ということについて、たはは、こうしてくだらないお喋りをしているのだからもはや粋でないということになり、自分は生涯を野暮天として暮らさねばならぬことがここに確定したが、なにをぬかしやがる半可通が。野暮天けっこうじゃない。俺は生涯を鈍くさい人間として押し通してやる。なめるな。ガキがっ。

と、いちおう凄んでみせて議論を有利に導こうとは思っていない。俺は野暮天の正直さ、真っ直ぐさ、素直さを身につけたいと思っているだけさ。そしてその正直さを以て問いただしてみたいことがあるのだけれども、例えばそれが粋なのかそれとも他の理由があるのかよく分かないから粋な人たちに聞くのだけれども、まず最初に聞きたいのは自転車のことで、あの夜になっても自転車の灯火を点灯させないのは一種の粋なのでしょうか。

私にはぜんぜん理解できないのだけれども、夜になると世間は暗い。その暗い世間の狭い道路を自転車と自動車が渾然一体となって通行している。これは非常に危険である。そこで人類はその叡知を結集して自転車に灯火というものを取り付けた。そしてこれを実際に点灯させてみたところ、ややややや。むむむむむ。こーれは実に便利。自転車サイドは前方がよく見えるし、自動車サイドからは自転車がいることが分かる。よかった。よかったあ。と、みな喜ぶ、予定であった。ところが現実にはことはそう運ばず、日が暮れて四囲が暗くなっても自転車の灯火を点灯させぬ人が殆どなのである。

私はこのことを驚き怪しみ、日々このことについて考えるあまりに本来の自分の仕事がおろそかになり、いろいろな費用が足りなくなって消費者金融でお金を借り、その回収が日増しに激しくなってちょっと嫌な感じになったので妻子を田舎にやり、自分は家を出てカプセルホテルやサウナ風呂の仮眠室を泊まり歩いているのだけれどもそんなことはどうでもよい。問題は自転車の灯火不点灯の問題で、実は私は過日このことについてある重要な示唆を得たのである。

そのときのことについて申し上げると、そのとき私はサウナ風呂に入っていた。しばらくじっとしてもう出ようと思っていると、よく肥えたふたりのおっさんが入ってきて、タオルをちょっとはたはたして私のすぐ隣に座り雑談を始めた。いずれも他愛のない話で、腰を浮かせたとき、ひとりのおっさんが、「こないだよー。家の近くを自転車のライトつけねぇで走ってたらおまわりにとめられてよー」と言ったのである。私は即座に、ちょっとすみません。と声をかけた。まあ本来であれば、もうちょっと待ち、互いに隣人として認知・認識してから話しかけた方が良いのかも知れぬが、実は私はもう暑くて暑くてそれ以上そこにとどまっておられなかったのである。

案の定、おっさんはぎょっとした様子であったが私は構わず、「なんでおっさんは自転車のライトをつけないのですか? 危ないじゃないですか」と単刀直入に問うた。虚を衝かれたおっさんは、なんでおめぇにそんなことをいわれなきゃならんのだ、とも言わずに、そ、それはだなあ、と言ってちょっと考えてから、「あれだよ。つまり、ライトをつけると抵抗がかかるからその分、力が余計にかかっだろ? だからライトを点けないのさ」

あきらかに嘘であった。おっさんは本当のことを言っていなかった。なぜ言わなかったのか? それはそのことを言ってしまうとおっさんの対外的な人間性が崩壊してしまうから言わなかったのであって、つまりそう、私の問いにたいする明白な答がそこにあった。自転車のライトを点灯するかしないかの問題はおっさんにとって粋の問題であったのであり、また、おっさんの胡乱《うろん》な言説を通して、ひとにとっての粋とはこのように絶対に口外してはいけない性質のものであるということもまたこのサウナ風呂で明らかになったのである。

つまり自転車に乗っていて暗くなったからといってすぐにライトを点灯させるというのは野暮の骨頂で、なんとなればそれは安全のためであり、そして安全なことをするのは命が惜しいからであるが命などというものはみな惜しいのであって、そんなみんなと同じことをやるのはしゃらくさいし、またライトを点けるというのは実に合理的であるが、合理的なことをやって結果、利益を得るというのはなんだか卑怯というか未練というか、弱いもの虐めをしているような気がする。だから俺は敢然ライトを点けずに闇の中を疾駆・疾走するのだ。わはは。恰好いいなあ。粋だなあ。こういう俺の姿を見たら世の中の御婦人はなんというだろう。きっと、「あら。こんな闇の中をライトも点けずに疾駆・疾走しているなんてなんて素敵なおあにいさんなの。あたしも女と生まれた限りはあんな粋な人と所帯をもってみたいものだわんわんわんわん、というのは残響音」というに決まっている。わはは。実に、実に粋な、俺。とみんなは考え、ライトを点灯させずに暗闇を縦横無尽に走り回っているのである。

考えてみれば迷惑千万な話で例えば俺なども自動車を運転していて、かかる粋な無灯火さんたちが暗がりからぬうと現れ、どき、とさせられたことは一度や二度ではないが、しかしその自動車のドライバーにも同様の奇怪で、粋な、風習があるというのは不思議である。

そのひとつはこれまたライトで、一部のドライバーは、やはり自転車の場合と同様、といって自転車と違って自動車の場合、厳しく処罰されるので最終的には点灯させるというものの、なるべく可能な限りぎりぎりまでライトを点灯させぬのが粋とされ、中間的な処置として車幅灯のみを点灯させるという姑息な手段に訴えるひとは実に多い。

またこれも右にみた、そんなしゃらくさいことがやってられるかという過剰に溢れ出た自意識の働きが美意識に昇華せらるるメカニズムがもっとも露わに現れた例と言えるが、粋なドライバーには、なるべく可能な限りぎりぎりまで方向指示器を作動させぬという行動パターンがみられ、これはしかし実際上迷惑な話で、道路上に停滞している車が右左折を企図して信号が変わるために停滞しているのか、それとも単純な混雑のため停滞しているのかが後続車にわからないという弊があり、私など、サウナ風呂でこのメカニズムを解明するまで何度、「おまえらウインカー出せ、あほんだら」と絶叫したか分からない。ある日など、逆上のあまりおもわずアクセルを強く踏み込んでしまい前方の自動車に激しく追突、多額の賠償金を支払ったりした。

と、こういうことを書いてしまった以上、自分はもはや粋な人間には絶対になれぬというのは冒頭に言ったとおり覚悟の前だが、しかしながら自分にだってそういうネガティヴに自らの行動を規制することによって悦に入ることがあって、通常、そういうことは人に言いたくないのだけれどもこんなことを言ってしまった罰として言えば、わははは。レモンやスダチをあまり

きつくスクイーズしないことかな。うわっ。押すな押すな、うわっうわっうわっ。無茶したら
あかん、たい痛い痛いたい。万金膏。

出版拒否事件の顚末。苦虫の味

受話器から聞こえてくる相手の言い草に驚いて、あ。と開いた口に苦虫が飛び込んできたのは十二月八日、小生十年ぶりの詩集「土間の四十八滝」刊行予定日だった。

電話をかけてきたのはその詩集の担当編集者で、彼は、本日が詩集の発売日であるが装丁が間に合わず発売できなくなった、ととぼけたような口調で言い、さらに、なんでそんなことになるのでしょうか？　と尋ねた私に、装丁を依頼したデザイナーが風邪をひいて二週間仕事を休んだからです。とはっきり発音した。

そして私は、あ。或いは、あっ。間の抜けた間投詞を図らずも発し、がために口中に苦虫が飛び込んだのであった。

センセー。風邪ひいたんで休んでいいですかあー？　って、それじゃあ小学校である。ここは実社会よ。世間なのよ。とおねぇ言葉でも使わないと馬鹿らしくなるくらい基本的なことをなぜ言わねばならぬのか、と思った瞬間、口中に、ヘイ！　苦虫の味！

「で、どうするんですか？」

「へ？　なにをです？」

「だからこれからどうやって事態を収拾するんですか？」

「ええ。だから今日、版下があがってきたので年明けの発売ということで、そこに割り込ませることと、またあっさり彼は言ったが、来年は来年で出版の計画があって、この詩集のために予定を後ろにずらすことはできないし、それに来年の初めに出す本というのは、この詩集のために予定を後ろにずらせたという経緯がある。困るぜベイビー。そして自分はほうぼうで十二月八日発売と言ってしまっているし、それが出ないとなると他に大した取り柄なく、ただ約束の日時を守る、という一枚看板でここまでやってきた自分の社会的信用は丸つぶれである。だからこそなんとしてでも十二月八日に間に合うように、表紙の要素に写真が必要だ、という話になった際も、友人であるところの超多忙カメラマンのスケジュールを無理を承知で一日貰ってロケーション撮影を敢行、プリントをして貰ったのである。しかも市価を大幅に下回る現代詩価格で、である。

それをばデザイナーが風邪で二週間休んだのを便々と待ち続け、しまいには年明けにしましょうとかくもあっさりいうとはどういうことでしょう。

自分は、来年は既に出版計画が決まっていること（このことは以前説明したはずじゃが）。既に各媒体に公表してしまっていること（このことは承知しているはずじゃが）。多くの人の手をわずらわせたこと（このことも間近で目撃しているはずじゃが）。と彼に言い、そのことについて、どう責任を取るのか問うた。

これにいたって彼は漸くことの重大性を認識したらしく、ちょっと考えるから待て、と言って電話を切り、暫く経ってから電話をかけてきて、なんとか十二月二十一日に出すようにするからそれでよいか？　と尋ねてきた。

よいも悪いも自分の決めることではなく、そも八日にでなかった以上、どう事態を収拾するかは彼らの業務なのじゃが。と思いつつ自分は、できるのであればやればよろしいのではないですか？　と言った。ヘイ！　苦虫の味。

そして翌日。急ぎ見てくれ、というので自宅ポストに投函して貰った版下のコピーを見て、また、あ。口中に苦虫が飛び込んだ。

こう時間が切迫するとわずかひと月前のことが遥か昔に思える、その遥か一ヵ月前。プリントなった写真を彼とチェックした際、写真のよさを最大限いかすべく、書名と著者名は縦組みで右の余白に黒でおく。と打ち合わせをしたのにもかかわらず、版下では、横組みの文字が囲みのなかに入って鎮座ましましている。これでは写真が台無し玉無しである。それ以外にもいらざる手がいろいろと入っていて、しかしもっとも普通にやっていいように撮影してあるので、そうして余計なことをすればするほど珍妙なデザインになっていくのは明白である。

自分は、なぜ自分が慌てなければならぬのか、非常な疑問を感じつつも慌てて連絡を取り、打ち合わせと違っている旨、彼に伝えたうえ、打ち合わせた内容をデザイナーに伝えたのかどうかを確認したところ彼は言を左右にしてなかなか返答をしない。「でもあなたはあのとき手帳にメモを取っていたじゃないですか。なのに伝えなかったのですか?」と聞くと彼は言った。

「伝えたか伝えなかったか覚えていない」

口中で弾ける、苦虫の、ヘイ! 味。

彼は当初の打ち合わせ通りにデザインをやり直すからもう少し待て、と言い、私は彼の作った帯文がかんばしくなかったので慌てて(なぜ私が慌てるのだ?)帯文案二本を送信するなどした。それからさらに翌日の午後七時頃、ファクシミリで修整したデザイン案が送られてくるのと同時に彼から架電、午後九時三十分までに確認せよ、と言う。しかしながら自分は別の仕事をしている最中だったので、終了次第確認するが九時半は無理かも知れません、と言うと、彼はきわめて不服そうな声で、じゃあ十時? うーん難しい。十一時? まあ、それくらいになると思う、と言うやり取りをしてその都度、脇にいる誰かになにかお伺いを立てているような様子だった。

自分は電話を切って仕事に取りかかったが、やはり気になって捗《はかど》らず、八時頃にいたって仕事を中断、送られてきたファクシミリを見たところ、ワープロの文字を切り張りしたと思しきそのデザインは、なんだか素人臭いというかダサイというか、バランスがよろしくなく、なぜこれが出てくるのに一ヵ月以上を要するのかまるで合点のいかぬもので、しかしながら一応、連絡しないわけにはいかず、九時過ぎに電話をかけ、なんだかダサイね、素人臭いね、と言ったところ、途端に代表取締役の彼は態度を硬化させ、不機嫌の極と言った声で、「これはうちの会長がやったデザインです」と言った。いくら会長でもダサイものはダサイのでしょうがなくそういったところ、

「四十年やってきたキャリアがある会長がやったデザインに対してそんなことをいわれてまで出版したくない。会長のやったデザインはプロの一流の装丁家をして到底かなわない、というほどのデザインなんですよ。それに対して、なんですか？　ダサイとは？　四十年やってきた人間に対して」と激昂した。しかし私は会長にデザインをやってくれ、などと頼んでいないし、例の身体の弱いデザイナーはどうしたのだ？　と思ったのでその旨、尋ねると、彼は一転、声を落とし、

「土、日で連絡がつかなかったのです」と言った。なんだか怪しい感じだったので、「何度、電話したのですか？」と聞くと、

「二回電話したけど連絡がつかなかったのです」と、また低い声で言った。大抵の人間は二回の電話では摑まらない。

私は、会長のデザインをダサイと言った人間の本は出版しないのですか？　と聞いた。と、

彼は、「四十年やってきた人間に対してそこまでいわれればねぇ……」と答えた。

私は、ではその旨、文書にして欲しい、と申し出たところ、彼はこれを拒否、ではいまからそちらに伺うから善後策について協議しよう、と申し出たがこれも拒否、一方的に電話を切り、それから二年以上経つがいまだなんらの連絡もない。

かくして私の十年ぶりの詩集は出版拒否の憂き目に遭い、あ。と、あっ。と悲哀の間投詞を発し、口中にみるみる広がる、ヘイ！　苦虫の、味。

新世紀の苦悶

テクマクマヤコンテクマクマヤコン肺炎にな－れ。と言った訳でもないのに肺炎になってしまい、しょうがないので、ラミパスラミパスルルルル。と言ってみたのにもかかわらずちくとも治らないでそれどころかとうとう入院をしてしまったというのは実際のところ正味の話まことにもって因果きわまりない話である。

最初からして因果だったなあ、そんな気は、そんなつもりはまるでない、いつも通り機嫌よく「磯釣り音頭」かなにかをくちずさみながら横になったのだ。ピジャマ姿の愉快なおっさんであったのだ。わたしは。わたしの場合は。だから読者の人も気をつけた方がいいですよ。いまは機嫌よくして、ははは、アホが。と笑っているかも知らんがそうやって余裕をかましていられるのはいまだけで何時間か後には苦しみのどん底にたたき落とされるかも知れぬのだ。俺のように。俺が落ちたように。ってそいで、それがどんな感じだったかというと、先ず寝ていた半意識がおかしくなった。半意識のなかで全身の細胞が本来あるべき方向、時間のなかで向かうべき方向の逆へ逆へ、向かう、というような生やさしいものではなく、逆流・奔騰していくような感じで、そのことによって全身のなかに奇怪な負荷が常にかかっているような具合になってしまっていて、いわば、生きる、エネルギーの流れにブレーキがかかり、今度はそれを逆に回転させようとする力のような力が身体のなかに渦巻くのである。清盛入道もこんな感じだったのかな。そうこうするうちに完全に目が覚めてしまいそうするともっと苦しい。高熱で全身が燃えるように熱い。だのに。なのにじゃないよ、そんなちゃんとした言葉を言えるような感じでない、だのに、身体の芯が凍るように冷たく悪寒戦慄が走って歯の根が合わず布団に首までつかるのだけれどもだめじゃ、身体の心棒に邪悪の鋼でできた鋏が埋め込まれたようになって、魔法遣いがこれを、ちょき、とやるたびにガタガタガタ、ちょき、とやるたびにガタガタ、ちょきガタちょきガタでもう俺は惨憺たる状態になってしまったんやんか。頭は割れるように痛く、汗は滝のように流れ、全身を名状しがたい不快感が覆い、呻吟インザベッド。

そんな死ぬ苦しみを味わっていたのが十二月三十日の払暁で、その日は終日、苦しみ続けた。

しかしながら楽あれば苦あり苦あれば楽あり。こうして苦しみに耐えていればやがて回復するであろうと判断した自分は、これが下がれば回復基調といえるだろう、と体温計をくわえ体温を測ったのである。四十・六。予断を許さぬ数字である。それからまた何時間か苦しんで、やや苦しみの減じた頃合いを見計らって測ってみると三十九・八。変化の胎動の兆しがみられる。若干の改善傾向にあるといえる。それからまた何時間か名状しがたいこの世の地獄を体験して、少しく楽になったかなあ、と思われる頃合いを見計らってくわえてみると三十九・三八。飛行機は離陸したがまだ飲み物を配るには至っていない、とこれはちょっと譬えとしてはおかしいが、まあ一応数字は僅かながらでも下がり続けている。と、しかし飲み物と言えば、こういうときは水分補給を怠ってはならぬときく。さいわいミネラルウォーターは大量の買い置きがある。あれを寝台脇に持ってきてちびちび飲もう。おおそうじゃ。と立ち上がると天地がぐらぐらしてただたっているだけで、あはっ。あはっ。という情けない息が洩れる。苦痛で顔面が歪む。苦しくて顔を上げることができないのでうなだれて、腰をこごめ壁に手を突き、あはっ。あはっ。と息をもらしながらペットボトルを一本、猛烈に重いのをぶる提げて戻ると、もうそれだけで息が上がってしばらく、はあはあ言っている。悪寒戦慄。しばらくしてから体温を測ってみると三十九・六で、くわあ。あがってしまっている。

そんなことを繰り返しつつ十二月三十一日も同様に苦しみ、世間的にはついにあらたまの春一月元旦二十一世紀新世紀を迎えたというのに、体温は三十九度台を保持、いっかな回復ペースに乗らぬので、ここは一番、専門家の手を借りるしかないだろう、つって晴れ着姿の人々が嬉しそうな顔をして初詣に出掛けるなか、やっとこさはいた寒々しい紺色のジーンズにいったいこんな陰気な色の糸があったのだろうかというような糸で編んだセーターを着て、ドンゴロスの外套を羽織って毛糸帽を被り、真っ直ぐ前を向いて立つと苦しいので、やや俯き加減に、あはっ。あはっ。と呻きながら暗黒舞踏を若干早くした程度のスピードで歩いていくと、あはっ。人が避ける。わざとやってんのとちゃうわぼけ。と怒鳴ろうとして、またあはっ。

そんなこんなでようよう病院にたどり着き、身体が大変辛い、と愁訴哀願したところ、では、ってんで、血液検査を実施、結果を記した紙を見たところ、さまざまの数字と記号が記してあってなんのことやらさっぱり分からない、しょうがないので医師の説明に耳を傾けると、白血球その他血中にて悪者と闘う物質の数値が通常の数千倍まで増加しており、これは由々しき事態であって緊急入院をなさるべきであろう、と言い、こんな状態では身体が大変辛いでしょう、と言った。そやから最初から辛いゆうとるやんけ、言い返す間もあらばこそ、自分は点滴をぶっ刺され、705号室の寝台に横になったのである。

苦しいのは相変わらず苦しい。しかしながらこれで出口の見えぬ体温測定地獄からは脱することができた。なぜなら一応これで一定の方針に則った治療を受けることができるのだからな。などと思いつつ、俺の目は寝台脇のあるリモコン装置に止まった。くわっ。くわわっ。俺はいま自分が仰臥している寝台が二十代の頃から憧れ続けた夢のベッド、すなわち、手元のリモコンを操作することによって自在にマットレスの角度を設定でき、寝ながらにして読書をしたり食事をしたりすることができるのである。

二十代の最後の三年間をもっぱら寝台に横臥して読書して過ごすことに費やした自分は、首の角度、腰の角度等に苦しみ、枕、クッション、座布団等を微妙に積み上げることによって理想の角度を構築してきたが、そんなものは直きに崩壊してしまい、いいときはほんの一瞬、ほとほと悩み苦しんだものであるがそんな折り、テレビの広告でこの寝台の存在を知った自分は、はたと膝をうち、家の者に、あれを購入してこい、と命じたところ、ラリアットを食らって場外へ転落、そのまま気絶してリングアウト負けを喫したのであって爾来十年。自分は寝台で読書する度、この寝台を切望してきたのであるが、その夢がやっといまかなった。その他にも寝台脇には寝台で飯が食えるように工夫された台も設置してある。新世紀は夢の叶う世紀だ。よかったあ。よかったあ。と、思おうとした。

思えなかった。しかしまあ、折角だからやってみるか。あはっ。一声呻いてリモコンに手を伸ばし、角度を変える。なんだか背中がつっぱったようで苦しい。さらに変える。ますます苦しい。滅茶苦茶に変える。ますます苦しく目が廻るようで気分が悪い。まったくもって夢のベッドまでがこの体たらくだ。二十一世紀は地獄の世紀だ。思うとしたらすぐにそう思えた。悲しかった。人間やはり普通が一番というか、寝台は寝台らしく真っ直ぐになっているのがよいのだ。しかし寝台のなにが人間なんだ？　思いつつ、元の真っ直ぐな状態に寝台を戻したのだけれどもどうもおかしい。首がお仕置きのようになって苦しい、と思って調査したところ、あまりにも様々の角度にし過ぎたためマットレスが全体に足の方に下がり、背板との間に大きく隙間が空き、その隙間に枕が半ば落ちているのであった。立ち上がってマットレスを直す体力はいまの自分にはない。しょうがなく苦しい体勢のまま一月元旦俺は横たわって天井を眺めていた。口中に苦虫の味が広がっていった。

小人ブルース。ビターなソング

人間というものは度し難く因果で、いろいろ困った面があるものであるが、そうした人間の困った面の最たるものに、自惚れ、というのがある。

これはどんな人間にもあるもので、他人が聞くと驚愕のあまり腰を抜かしそうな、完全にその人の欠点としか思えない部分を美点と思いこみ、俺はけっこういける、と思いこんでいる人が意外に多い。

そしてそういう自惚れという過誤がもっともおおく見られるのが容貌についてで、例えば自分はある映画のオーディションに審査員として参加したことがあり、一般公募したその役は完璧な美の具現者、凄絶なまでの美少年という役であった。役には沢山の応募があった。では最初の五人どうぞ。声に続いてのそのそ部屋に入ってきてパイプ椅子に腰掛けた五人を見て自分は驚愕のあまり椅子から転げ落ちそうになった。入ってきた五人が五人とも破壊せられた顔面の持ち主であったからである。しかし五人は我こそは天下の美少年なり、という風情でくんくんしている。しかし審査員はなんといっていいか分からない、みな照れくさそうに俯いて気まずく沈黙し、質問を発するものもなく、それではしまりがないと思ったのか、平生からなにかと気を遣うたちの審査員が、三番の人、趣味はなんですか？　と尋ねたところ、三番の黒シャツ革ジャンに軍帽のような帽子を被ったちんくしゃでちんちくりんの男、無暗に身体を鍛えて筋肉で盛り上がったようになった胸を反らし、傲然と、「囲碁初級」と答えるに及んで、みな完全にやる気をなくし、くんくんしている自称美少年たちにプロデューサーは、もうけっこうです、と小声で言い、退席を促したのである。

それから約三十人ほどの「美少年」を我々は審査したのであるが、貴君らの家に鏡はあるのか？　あるとしたら視力は正常か？　と尋ねたくなるような、おそろしい美少年ばかりがやってきて、最初のうちは次こそ次こそと期待していた我々の間にも次第にあきらめの空気、絶望の気配が濃厚に漂い始め、最後の組が出ていって、誰かが発した、「駄目やった」というしわがれた声にみな無言で頷き、そそくさと帰り支度を始めたのであった。

かく人間というものはこと自分のこととなると自惚れが邪魔をして正当な判断ができぬものであるが、そういう人間を二種類に分けることができる。すなわち君子と小人である。これは実に辛い分類で、例えばあなたは上流ですか？　中流ですか？　下流ですか？　と聞かれた場合、まあそら、確かに自分は上流ではないが下流ってことはなく、まあ中流ってとこでげしょうなあ。「中流です」なんて逃げることができるが、君子か小人かと問われた場合、これは二者択一でどうにも逃げようが無い。まあ大抵の人間は自分を小人だと思いたくなく、どちらかといえば君子だと思いたいに違いない。しかしながら現実は厳しい。やはり君子ともなれば常に天下国家のことや高邁な理想といったレベルの高いことを考えていなければならぬのだけれども、実生活のなかでこれは実に困難で、考えることといえば、うふふ。ここにこの角度にこういう風に立っていれば、わはは、列車はちょうどこの位置に止まるから、くふふ、そうするとこういう角度で人が降りてきて、きひひ、乃公《だいこう》は他に先んじて先に座ることができる、とか、らちゃちゃ。ここの飯はうまくて安くて、あみゃみゃ。こういう店を知ってるなんざあ、俺も乙な男だ、なんてなことばかりで天下国家のことなどはまあ一日二十四時間のうち二分も考えればよい方である。仕事については、自らの根拠無きプライドを満足させつつ保身を図るという相矛盾するふたつのことを両立させようとするので失敗や混乱を生み、しかし責任逃れの術にだけは長けているのですべてを有耶無耶にしてことの理非曲直をはっきりさせずに酒場で、だからウチはだめなんだよー、と早く帰りたい部下相手に小理窟をいっていい気持ちに酔っぱらっている。くふふ。まあどう贔屓目に見たって小人である。

しかしながら人間には自惚れという不治の病があるから、本人は自分のことを君子と思っているかも知れぬのである。まあ、いまはいろいろあって小人みたいなことになっているがまあ本来は君子なのだよ。などと嘯いて。

かくいう自分はそんな女々しいことは言わない。いまここにはきと断言する。

自分はまぎれもない小人である。

まあ一時というか若い時分には自分にも人並みの自惚れがあって、自分はまあ君子の部類、といってまああんまり上等の君子ではなく、まあぎりぎりの補欠合格の君子くらいの君子に分類されると思っていた。恐るべき自惚れである。そんな自惚れたクソガキも生活に疲れたおっさんとなって漸く、自分を小人である、と正確に判断することができるようになったというのはまあ一応慶賀すべきことであろう。

それにつけても小人。まことにもって厭な響きである。仮にこの君子／小人の区別が広く社会に認知され制度化されたらどのようなことになるだろうか？

書店に入る。小人コーナーという札が提げてあって幼稚な書物を山積みにしてある。どぎつい派手な色彩の絵入りポスターなどが飾ってあり、下品な身なりの群衆が台に群がって押し合いへし合いしながら本を手にとっている。一方、書店の奥深く、なんだか清浄で神秘的なコーナーがあって、そこには君子コーナーという札が提げてあって、渋いシックな装丁の難しそうな本が並べてある。そのコーナーにいるのは質素だが上品な身なりの君子が静かに書物を閲しており、たまたま脇にいた御婦人がこれを憧憬のまなざしでうっとりと眺めているのである。

自分は見栄を張り、また御婦人の尊崇を享けたくて、小人であるのにもかかわらず、君子コーナーに近づいていき、君子のふりをして読んでもさっぱり意味の分からぬ本を手に取る。と、店員が近づいてきて自分に言うのだ。「もしもし。ちょっと君子／小人識別カードを見せて下さい。あやや。あなたは小人じゃありませんか。だめですよ。小人の方はあちらに行ってください。おかしいと思ったよ。こんな莫迦面の君子が居るわけがない」

同様に、酒場に行けば君子席、小人席が隔てられている。なぜなら酔った小人の高歌放吟が君子の清談を妨げるからである。同様に、映画館でも君子／小人の別がある。ホテル、飛行機や列車の座席、図書館、レンタルビデオ屋、およそ人の寄る場所に君子／小人の別これありてきわめて峻厳なのである。

というと、小人は取るに足らぬ人物と断ぜられまったくいいことがないように思えるが小人にもひとつだけいいことがあって、すなわち、小人は、電車に座れるか座れぬか、とか、どこのラーメンが旨い、とか、いかに仕事をしないで早く退社するか、などが最大の関心事で天下国家について意見を言わぬので税金の軽減措置があって年度末に支払った税金の一割を小人還付といって戻して貰えるのである。逆に君子は一定の発言権を与えられているため君子税として収入の一割を別に納めねばならぬのである。

しからば、君子／小人の別はいったい誰が鑑別するのか？　これが難儀なことに自己申告制になっているのであって、人々はここのところで大いに苦心するのである。まあ真の君子は当然、なんの衒いもなく、君子、と申告するだろう。問題は例の自惚れと虚栄の組で、なかには完全な小人であるのにもかかわらず君子と申告するものもあるだろう。しかしながら自分は、大抵の人は、まあ一応君子でもいいんだけどとりあえず小人でいいや。税金も戻ってくるし。と唱え、小人の申告が八割を越えるのではないか、と思う。そしてみな自らを小人のなかでもまあましな部類、小人の上といったところだね、と自ら納得するのではないかと思うのであるが、年頭に入院、暇のあまりこんなアホーなことを考えている俺自身、小人閑居して不善をなす、の典型で、実に情けないことであるよなあ、と思った瞬間、口中に、くわっ、苦虫の味。

やられるまえにやるまえにやられる

電車のなかでおかめうどんを食ったり、厳粛な式典の会場で、挨拶に立った自治体の首長にゴミや南京豆を投げつけた挙げ句酒盛りをしたりする人が増え、世間はこれに対して非常なむかつきを表明しているが、なぜそのようにむかつくかというとこれらの振る舞いが傍若無人な振る舞いであるからである。

傍若無人。むかつく。その脇に自分という人間がいるのにもかかわらず恰も居ないかのように好き勝手な振る舞いをする。つまりだからこれは、電車に自分がいるその脇でおかめうどんを食うものだから、うどんを啜り込む度にだしの飛沫が飛び散って自分の衣服が汚染した。むかつく。といってむかついている訳ではなく、別段、そういう実際的の被害が無くても、通常であれば脇によく知らぬ人間がいる、そのことを意識しておれば、食事中の人間というものは無防備なもの、そういう無防備な姿をよく知らぬ人間に曝すのは危険だし恥ずかしい。おかめうどんを食うのはよしにしておこう、となるものを、「はは。おかめうどん食お。しかしながら周囲の状況は？　はは。大丈夫だ。脇にいるのは取るに足らぬおっさんひとりだ。こんなアホで間抜けなおっさんに対して恐怖心や羞恥心を抱く必要はまったくない。さあ。心安けくうどんを食おう。はは。うまい」と思ってうどんを食っているというその心の有りようがありありと看てとれるからで、取るに足らぬアホと決めつけられうどんを食われたおっさんが、侮りやがってなめやがって、と怒り狂うのは無理からぬところである。

　しかしながらいったいなぜそんな傍若無人な振る舞いをするのであろうか？　実際に存在している人間をいないもののように扱うなんてひどいじゃないか。彼らには人間らしい心がないのか？　というと、まあひとつには、実際的な問題、すなわち、腹が減った、とか、通常のレストランに入って食事をするカネや時間がない、或いは、様々のストレスがあっていちいち知らねぇ奴に気ィ遣ってられっかよ章魚《たこ》。といった問題も一方にあり、それは、うどんを食っている当人があまり傍若無人だと思っていない点でいまの時代に固有な問題なのかも知らんが、一方には昔からある傍若無人の問題と同じ問題もまたあるといえ、これは例えば厳粛な式典でアホーな振る舞いに及ぶ場合などに顕著である。

　厳粛な式典に列席者はみな厳粛な態度で臨んでいる。通常、そのことを意識していたら、みなが厳粛にしているのだから自分も厳粛にしやんと悪いから厳粛にします。アーメン。なんでアーメンやねん？　と言って厳粛にするのであるが、傍若無人の場合は、「はは。みな厳粛にしている。しかしながらみなが厳粛にしているからといって必ずしも厳粛にしなければならない、という訳では必ずしもない。なんとなれば、俺はそうして厳粛にしているみなと違って、全身から発散する暴力的な奇矯な服装によって、みなからちょっと風変わりな奴、ファンシーな奴と思われているからで、まあそういう人間は、旗本奴、町奴、茨組、皮袴組などといって昔からあったのであって伝統的なものだ。そういう伝統にも裏付けられた特権的な立場にある俺がみなと同様に厳粛にしている必要などさらさらない。ここは一番、俺が特権的であるということをみなに知らせる意味においても奇矯な言動を、はは、しやんとあかんな。はは」と思って、わきゃーん。あひひひーん。ひゃーん。などと意味不明の奇声を発する。挨拶をする自治体の首長を小僧を呼ぶように呼び、或いは駆け寄って豆や紙屑を投げつける。会場の椅子を独自にアレンジして通常の宴会を開催する、など傍若無人な振る舞いに及ぶのである。

こういうことをする人は昔からあって市民はこのような連中に眉をひそめてきたが、彼らはこういう傍若無人の振る舞いは悪いことである、ということを一定程度承知して、振る舞っており、人間の特徴として、やれやれと推奨されることをやるのはちくとも面白くなく、やるなと禁止されることをやるのはきわめて面白い、というのがあって、傍若無人の振る舞いも、これはやったらあかんし、みんな眉をしかめてる、と思ってやればこそたいへんな面白味があるのであり、またそこには、罪を犯してしまったものだけが知る捨て鉢な、どうせ俺は決まった人間だ、などという退廃的な快楽感も伴うであろうことが推測される。

と、そういえばいまから二十年くらい前。セックスピストルズという英国のロックグループが英国のテレビ番組に出演、パンクと称して傍若無人な言動に及び、そのあまりの傍若無人な振る舞いに英国の大人は激怒、怒りのあまりテレビを破壊した人もいた、なんてな話が我が朝にも伝わってきたが、その話を聞いたとき、自分はティーンエイジャーで、「わはは。なんたら傍若無人なことをやってこます人たちなのだろう。おもろ。ここは一番、僕も真似をしよう」と内心に思ってただちに自らもパンクになり、随分と傍若無人な振る舞いに及んだもので、しかしそんなことをしたものだから社会に相手にされないでこれまで随分と貧乏をしてきたが、そんな自分も気がつかない間に大人になって、ニュース映像に映し出された、厳粛な式典で傍若無人な振る舞いに及ぶ若者を見て眉をひそめていたのだけれども、世間に傍若無人な人は増加の傾向にある。そんなんだったら自分などはそもそもパンクで傍若無人が看板のようなものなのだから、いっそのこと思い切って傍若無人に振る舞ってみたらどうだろうか？　若い者ばかりにいい思いをさせる必要はない。私だって好き勝手に振る舞って、はは、おもろ。と思ってみたい。というか、自分はもはやおっさん。若い者にはない知恵や分別がある。そのうえで傍若無人の振る舞いをするのだから、もっと凄いというか、おまえらが電車のなかで食うのはせいぜいうどんやパンだろう。なめやがって。俺はもっと凄い。電車のなかで床に鉄鍋や焜炉を設置して鋤焼きを拵える。しかもそれは関西風の鋤焼きなのだ。車内に漂う肉の香り。鉢に生卵を割り入れこれを貪り食らう。さらにはなぜか他にもっと取り締まってほしいことがあるというのに、このことについてのみＪＲは躍起になって何度もアナウンスする携帯電話、これを取り出し、知人宅にかけ、「御世話になってます。マチダと申しますが。ゴトーさんいらっしゃいますか」などと取引先に電話をかけ、だらしなく鋤焼きを食いながらしゃきしゃきビジネスの話をする。みたか。これが大人の傍若無人だ。或いは、みなが当然盛り上がるべき席、すなわち、各種パーティーや合コン、温泉旅行などで傍若無人に厳粛にしている。みなが浴衣を着て酒を飲みかつ珍味佳肴をむさぼり食らいて酔い呆けて温泉芸者と戯れている最中、ひとり、フロックコートに威儀を正し、山高帽を被ってドイツ語で文学を朗唱する。ラテン語で「船徳」を演る。正座してお薄をいただく。これが男の傍若無人だ。みたか。なめるなっ、痴れ者がっ。

善は急げ。自分はさっそく傍若無人に取りかかった。具体的には、あああああっ。うふぁーん。と絶叫、そこいらを転げ回りながら胸を掻きむしり、ジーンズを脱いで放り投げて猿股姿になり、テーブルの脚や植木の鉢に激しい体当たりをくれてやった。まあ最初はこんなものだ。小手調べだ。と、周囲の様子を窺うと、猫が眉をひそめて自分の方を見ているばかりであった。

自宅じゃだみだ。自分はいま一度ジーンズを穿き表に出た。とりあえずなにをやってやろうか、と企みつつ、青信号を渡っていると後ろから来て左折をする車が警笛を鳴らしながら突っ込んできて、驚いて立ち止まった自分に、罵声と排気ガスを浴びせて走り去った。歩道で後ろから来たおばはんに突き飛ばされ、ときおり車道に落下したりしながらスーパーマーケットにたどり着き、鋤焼きの材料を閲していると犬を連れた女の人がやってきて自分の横に立った。犬は暇なのか暫時、自分の脚にじゃれついていたがやがて奇妙な顔をしたかと思うと自分の靴の上に小便の挙げ句、後肢で蹴り上げるような動作をした。女の人に、あの、というと女の人は、ウルセータコ、と言って立ち去った。自分は家に帰って少し踊った。口中に苦虫の味が広がった。

あほの随筆

朝起きた。なんで人間は朝起きるのだろうか？　別に夜起きたっていいじゃないか？　昼起きたっていいじゃないか？　だのにわたくしは毎朝、朝起きるのである不思議である。

蘭の花が咲いていた。この蘭は以前、貰から貰ったものだけど花が終わったので適宜枝を剪り時折（週に一回ぐらい）、水を遣ってたところ枝の先が凝って蕾となり、フルッフヘンド、花が咲いたのだ。嬉しいなあ。と思って、呉れたひとのことを考えた。

朝飯。ひとはこれをなんと読むだろうか？　あさめしと読むのではないだろうか？　まあ、朝飯前、なんていうことばもあるくらいだからそれが一般的なのだろう、でもオレはこれを、あさはん、と読むなぜなら先代広沢虎造の清水次郎長伝に「次郎長、あさはんすこーし食べて云々」という啖呵があるからで恰好いいと思ったらすぐ真似したくなるのがオレの性分。つくづく軽薄な奴である。

あさはんすこーし食べて原稿書きに取りかかった。原稿を書くのは愉快な発想や文章が頭脳にわいて楽しいときもあるけどだいたいはつぶつぶした感じで、なーかなかだなあ、って感じであって、なかなか進まず苦悩することもあるなあ。嫌だなあ。弥栄。

原稿を書き終わって銀行へ行った。エアコンの修理代金八万円を支払わんければならぬからである。銀行の銀っていうのは、昔、上方地方が銀本位制だった頃の名残じゃないかと思うのだけれども、まあどうせオレの考えることだからきっと違っているだろう。なんてなことを考えつつ請求書をとりにいったん事務所に立ち寄った。

管理人のおっちゃんがエントランス周辺を清掃していた。

いま凝っているのはインスタント写真。まあオレはインチキ写真って呼んでるけどね。現像しないでもにゅるっと写真が出てきて即座に写真が見られる写真で用事があってちょっとそこいらにいく際など、必ずカメラを携行して写真を撮る。これはいずれ雑誌に掲載する予定。どこかの国の大使館の旗。往来するピープル。交差点などを撮影。撮ろうと思っていたビルの外壁が工事中で緑の網が掛けてあって撮影が出来ない。残念だなあ。

八万円あまりを振り込み、それから財布にもはやお金が入っていないので当座の費用として十万円を引き出して財布に収める。ATMを操作するときはいつも狭い台のうえに請求書やら通帳やらいろいろの物が散乱して、しかも機械の指示に従わなければとつい気が焦っているから、去り際、なにか忘れ物をしているに違いないという強迫的な思いが頭に浮かんでなんだかうろうろしてしまうというのはオレの心の弱さだ。

こんな心の弱いことでは出世は覚束ぬ。もっと鷹揚に構えていかんとあかん。

家に帰って風呂に入った。

髭を剃ろうと思ったからだ。

ぜんたいオレは髭を剃るのが下手で通常のヒューマンがやるように髭を剃った場合、顔面が血塗れになってしまう。以前、それに気がつかないで髭を剃った後、小銭寿司か小僧寿司か忘れた。テイクアウト寿司を買いに行き、従業員に気色悪がられたという部分があって、そういうことのないように髭はちゃんと剃らねばならず、どうしたものかと懊悩の挙げ句、試しに入浴の序《つい》でに剃ってみるときっと湯気で蒸されて毛穴が広がるのだろう、実にもう達人か名人のごとくに髭が剃れ、爾来、髭を剃るときは必ず風呂にはいることにしているのだけれども、せっかく風呂に入ったのにもかかわらずただ髭を剃ったばかりででてくるというのは水代や燃料代が勿体ない、というさもしい、まるでけちのような考えが浮かんで、つい身体や毛髪を洗ったりしてしまい、結構な時間を費やし、がため仕事をする時間が減ってしまうのであって、これでは出世は覚束ない。

今日は四年ぶりのライブで外出をしなければならぬが、オレは外出をする際、けっこう準備に時間がかかってしまう。というのはオレは、遅刻をしない、という一枚看板でここまでやってきた男で、この看板だけはどんなに顔が血塗れになっても下ろすことができない。

しかし世の中には交通渋滞や脱線事故など不測の事態が起こりうる可能性はおおいにあり、だから通常、これくらいから準備を開始すればよいだろう、という時間の大分と前から準備を始め、ぎりぎりまでうろうろしているからで、この日も携行する、財布、眼鏡、着替、コード、チューニングメーター、カメラ、フィルム、書類、車の鍵、ギターなどを鞄に詰め、また普段用の衣服を外出用の衣服に交換したりするうちにあっというまに時間が過ぎてしまったのであって我が事ながら呆れるなあ。

いったん事務所によって秘書のひとと打ち合わせをしてからパーキングに行って荷物を積み込んだ。この駐車場は機械式で常時、四、五人の緑色のお仕着せを着たおっさんが屯して機械を操作しているが、なかには気のいいおっさんと気の悪いおっさんがいて、まあ気のいいおっさんが担当になった方が心はハッピーなのだけれども、ところが難儀なことに気の良さ／悪さ、仕事の良さ／悪さ、はこれ別で、気がいいのだけれども鈍くさい人が担当になった場合は早く車が出てこねぇかなあ、と思っていらいらする。

だけれどもまあ、そこは気の良さでカバーされるというか、プラスマイナス零。だけれどもまあ、最悪なのは気が悪く仕事も悪い場合なのである。

自動車の運転をすると人はなぜ意地悪になるのだろうか？　一寸でも前に進もうとして割り込んだりわざとウインカーを出さなかったり人の進路を妨害したり信号を無視したり歩いてい

る人を押しのけたりする。もっと愛のある運転をすればいいのに。あ。信号黄色や。突っ込んだれ。あ。右折がきよる。退け、あほ。オレが行くっちゅうねん。なめとったら殺すぞ、ぼけ。

会場周辺はヤングが集う町。店の前に車を停めようと思ったら派手なヤングが歩いていた。しかしそれにしても派手なヤングだなあ。ひときわ目立っているわ。と思ってつくづく見るとオレのバンドのギタリストのひとやった。荷を降ろして車をパーキングに持っていく。

リハーサルを三十分くらいして、ベーシストの人の事務所の会議室にいったん戻り、リハーサルのビデオを見て歌詞の研究をする。しかしこんな直前になって研究したってもう遅い。ヤングが集う町を素見。ぞめいて歩く。しかしながら気候が寒くて震えて、インチキ写真もあまり撮れない。路地の看板。公衆トイレットの落書など。

小買物をして荷物が増えたのでいったん車に置きに行く。浪費をしたなあ。おまけにオレはコインパーキングの車止めを大きく乗り越えてバックしていた。いったん精算して別の場所に移動して停め直す。

会議室に戻ってもまだ時間がある。ちょっと底を入れた方がよいかなと思って事務所の人に尋ねたところ近所によいカレー屋があるというので行き、ヨーグルトとサラダと野菜のカレーを食べる。

うまかったなあ。長身のジーンズ姿の男がカレーを運んでいたその人はとても几帳面で、それはよいのだけれどもちょっと几帳面に過ぎる部分もあるなあと思った。

出演予定時間十分前になったので会場に行きライブをする。

終了後、みなで朝まで酒を飲んで家に帰ったら朝の五時だった。楽しい一日だったなあ。でもこんなことでは出世が覚束ぬ。悲しいなあ。と思って朝、寝た。

食っていくのは大変だ。爆発するぜ

世間を渡り飯を食ってくということは実に大変なことで、人間は飯を食っていくためにどえらい苦労をしているといえるが、ところであの渋谷にモアイ像というものがあるでしょ？　あれっていったいなんなんですか？　顔の長い人が突然、渋谷の繁華なところに鎮座坐《まし》していて、それも人と言っても首も胴も足もない、顔面ばかりの人で、首から下は地面にめり込んでいるのだろうか。しかもあの人がなんであそこに地面にめり込んでいるのかその理由が分からない、と私がこんなことを言うと直きに、別に理由なんてなくったっていいじゃないか？　ただそこにいたいからいる。つまりは感覚的フリーダムというやつじゃよ。それをばいちいち意味とか理由とかいっちゃって、まったくもって面白味に欠ける朴念仁だ。こんな奴がいるから景気が回復しないのだ。これからはラテンの感覚でバラ色の未来ですよ、あほんだら、なんてなことをいう人が出てくるがそんなことは間違いで、こういうものにはなんでも由来・縁起というものが元来あるはずで例えば同じ渋谷に忠犬ハチ公の像というのがあるがこれは亡くなった主人の帰りをいつまでも待っていた忠犬の心と魂を人々が哀れとおもって建立した犬の座像なのである。犬と一緒にして申し訳ないがその他にも国のそここにあるお寺の尊い聖者のみほとけの像なども人々の発願によって建立されたものでふざけ半分にラテンのノリだなどといって建立されたものはひとつもないのである。

という風に考えるとあのモアイ像にもなにか由来があるに違いなく例えば、本多楽肉斎という人は元は目黒で牧畜業を営んでいたのだけれども縄張り内に鉄道が通ることになって土地を売却、沢山のお金を手にした。だからといって日々を遊ぶような楽肉斎ではない。座して食らわば山をも、という。また働かざる者食うべからず、ともいうではないか。と言って楽肉斎は相場の研究を始め、火曜日と木曜日は渋谷の証券会社に出掛けて株式投資を行うようになった。楽肉斎は実に勤勉な人であったのである。さて楽肉斎はモアイという名前の巨人を召し使っていた。モアイは身長が十六米あって力が強く牧畜業に大いに役に立った。しかし証券取引を始めたいまモアイはなんの役にも立たない。けれどもよくなついているモアイを召し放すのはなんともしのびがたい。まあなんの役にも立たぬが身長が十六米もあるのだから用心棒代わりにはなるだろう、と楽肉斎は考え、渋谷に行くときは必ずモアイを連れていくのであった。しかしこまったことがひとつあった。というのは、楽肉斎が取引をしている証券会社は道玄坂にあったのだけれども御案内の通り道玄坂は狭いうえ人通りも多く、物売り勧誘ビラ撒き違法駐車の自動車バイクなどが路上に溢れて楽肉斎ひとりが通行するのにも難儀をするくらいである。

それへさして身長が十六米もあるモアイが歩いていったらどうなるだろう。人や車を踏みつぶしてしまうに決まっている。そこで楽肉斎はモアイに、おまえは駅前の広場で待っていろ、儂が戻ってくるまでけっして動いてはならぬ、と言い含めて証券会社に歩いていくのであった。モアイは、アイアイ。と答えておとなしく駅前で待っていた。そんなある日のこと。保有していた株式が暴落したショックで、こんころすととん、楽肉斎は心の臓が破れて死んでしまった。金にあかせた美食と荒淫もその原因であったに違いない。そしてモアイは途方に暮れていた。いつもなら戻ってくるはずの時間であるのにもかかわらず楽肉斎がいっこうに戻ってこないのである。これどういうこと？　モアイは非常に心配をしたが、しかしここを動くなという主人の厳命に背くわけには行かない。おとなしく駅前で待っていたがやはり主人はもどってこない。気になる。心配だ。なにかあったのか？　モアイは背伸びをして道玄坂方面を覗き込んだが、駅前に新しくできた高層ビルが邪魔でよく見えない。モアイは飛び上がって道玄坂を覗き込んだ。しかし御案内の通り東京の地下は空洞だらけである。どん。めき。どん。めき。どん。めきめきめきめき。何度目かにモアイが飛び上がった際に地面は破れ、ずぶずぶずぶずぶ、モアイは地面にめり込み動けなくなってしまい、死者十五人重軽傷者七十九人を出す大惨事となって渋谷駅頭は一時パニック状態となり果てたのであって、この事件の記憶を遠く未来に残さんと地面に肩まで埋まり首ばかりのぞかせたモアイの姿を石像に刻んだのである、などという由来であるが、そんなものはまあ当然、あるわけなく、つまり右の由来は私が空想で拵えた話である。と無駄に長い話をしてなにがいいたいかというとつまりあのモアイ像にはなんらの由来も縁起もないということであってではなぜあの様な像を建立したのかと言うことを私はいまから言おうと思う。で、言う。それは食わんがためである。あの像を拵えようと思った人は飯を食おうと思った。そこでモアイ像を拵えることによって飯を食おうと考え各方面に運動をしてモアイ像を拵えておあしを貰い「南雲」に行って豆腐料理を食うなどしたのだ。と言えば簡単そうに聞こえるがこれはどえらい労苦と困難を伴う話で、例えば右のごとき合理的というかまああまり合理的ではないが、とにかくなんらかの由来と縁起があればモアイ像建立もそう難しい話ではない。ところがまったくなにもない虚無のただなかにモアイ像を建立するのだからこんな難しい話はなく、しかしそれをせんければ食っていかれぬので困難を顧みず彼は、って誰か知らんけど、モアイ像建立という困難かつ無意味な事業を成し遂げ飯を食ったのである。

というとそのモアイ像建立を成し遂げた人がある特殊の英雄のように思われるがこんなものは珍しいことでもなんでもなく、世間の大抵の人は飯を食っていくために同様の虚無、無意味と闘っていると言えるのである。例えば、まあこんなことをいうとまた彫像ばかりと言われるかも知らんが、以前、ある区役所の支庁舎前を通りがかったところ、帽子をかぶった小児が馬に乗り身をよじって悶絶している像が置いてあって、私は非常に忙しかったのにもかかわらず、こらいったいなんど？　なんの意味があってこんなものをこんなところに置いてあるのだ、と立ち止まり、腰をこごめて凝視をすると台のところにプレートがはめ込んであって文字で、「駄馬と少年」と刻んであるのであった。文字でだぜよ。おい。私はその虚無に、その無意味に猛烈に感動、「駄馬に帽子をかぶった小児が乗っかっている像を拵え、その下に文字で、駄馬と少年、と刻みこの人は銭を貰い飯を食ったのだ。なんたら、ああなんたら無駄な行為であろうか。なんたら虚無的な行為であろうか。この人はこの駄馬に、この少年にいかなる由来も縁起も感じとらなかっただろう。ただ、少年が駄馬にのっているその様を、かつん。かつん。かつん。と鑿と鎚で刻んだのだ。わちゃあ。わちゃあ。ああ、なんたら、わちゃあ。ブラボー。駄馬と少年。ブラボー。ブラボー」と叫んで滂沱たる涙を流し、往来の人の不審のまなざしを一身に浴びた。或いは「若人」或いは「牛の乳を搾る少女」「麦踏みをする総務部長」そんなものを一心に刻むということもおそらく飯を食っていくためにこの人はやらんければならぬだろう。

という具合に世間・世の中には人間が食っていくために無茶苦茶に苦労して拵えた訳の分からぬ物事が溢れかえっていて、だから交差点の一角で光が赤・黄・青の順に明滅し、かたわらで寿司がもの凄いスピードで回転し、外人が人の背中や足のうえに立って足踏みをしていたり、他人の口の中にドリルを突き込んで高速回転させたりしているのであって、くわあ、わっけわからんけどみんなもの凄い苦労をしているなあ、と思った瞬間、ペンが爆発して原稿用紙も居間も全部吹き飛んで、こういう原稿が一定の水準を下回ったのをセンサーで感知して爆発するという有意義な仕掛けがしてあるペンを造った人を恨みつつサイレンの音を聞いていた。口中に苦虫の味が広がっていった。

家庭的な常識的なほほら

知ってるか知らんか知らんけど私は、っていうか、俺はロッカーだ。ロッカーたって、いろんな道具や弁当箱を容れる物置じゃないわよ。つまりペイントをする人はペインター。キーをパンチする人はキーパンチャー。ライトする人はライター。そんな感じでオレはロッカーなのであって、だからオレはつまりロックをする人なんだよ。

イエイ。羨ましいでしょ？　ワオ！　羨望の念にかられるでしょ？　っていうのは、だって一般にロッカーってほら、好き放題やってるイメージってのがありましょう？　つまり快楽的な生活を送っているっていうかな、エレキで頭脳を痺れさせること自体が快楽だし、そのうえ怠惰頽廃自堕落無軌道、思う存分、アルコール類や麻薬類を摂取して婦女子と戯れ、プールに高級車を沈めたりホテルの窓からテレビジョンを投げ捨てるなんてなことをして遊んでいる、とかね。なんかそんなイメージがあると思うんだ。

ぅでもね、それは誤りというか、そういうイメージが俺たちロッカーを苦しめているっていうか非常な制約のあるライフ。日本語でいうなら人生を送らざるをえないその原因になっているということをちょっと知っておいて欲しいなあ、と思って筆を執った次第です。敬具。なんちて。

で、その制約ってのがどんな制約ってことかということなんだけどまあそれは俺たちが常にロッカーであらねばならないっていうことで、そのためには右の怠惰頽廃自堕落無軌道、或いは、自由平等フリーダム、スピード暴力ウイドンケアーといったロックのイメージに忠実にあらねばならぬということで、いいんじゃねぇの？　別に。と仰る御仁があるかも知らんがそれが実に大変なのであってその界隈の事情をちょっと説明させて頂くぜ、ベイビー。

といってこのことは日常の立ち居振る舞いすべてに影響するのであって、ええ、なにから説明したらよいか困るが、例えばそうね、立ち居振る舞い、というのだから立ち方から説明をすると、軍人の直立不動が、内に軍人精神を……、なんて決まっているのと同様にロッカーの立ち姿というのは内に怠惰頽廃自堕落無軌道、或いは、自由平等フリーダム、スピード暴力ウイドンケアーといったロッカー精神を秘めていなければならず、市井の商人や月給取りと同じであってはけっしてならないんだぜ、ベイビー。

具体的には、例えばテレビジョンの歌番組などに出演した場合、もっともこのロッカーとしての自意識が働くのではないかな。例えば司会者の立ち姿とロッカーの立ち姿を見比べてみると分かりやすいのかも知らぬ。司会者などはセレモニーを進行しなければあかんという責務があるから、歌手にインタビューなどしながら、小首を傾げ、はいー、はいー、と人の話を真剣に聞いているふりをする。腰をこごめてマイクを突き出す。相手の片言隻句に大げさに驚き、わっ、とのけぞる。声の抑揚にあわせて身体を前後に揺すぶる。など、どちらかというと商人・給与取りなんかに近い立ち方をしている。

これに比してロッカーはどうだろうか。そんなことをしたら、怠惰頽廃自堕落無軌道、或いは、自由平等フリーダム、スピード暴力ウイドンケアーの感じ感がでないので、そういうことは基本的にしないで、ただ棒立ちにたっている。或いはそれでは落ち着かぬので左手にマイクを持ち、マイクの尻を腰のあたりにつけ右手の指先を牛革のズボンの前ポケットに突き込み、体重を左足に掛けて右足を若干前に出し、腰をくねらせて夢見がちな瞳であらぬ方を見ることによって、怠惰頽廃自堕落無軌道な感じを演出しているのである。

もちろんこの形は自然に出てきたものではなく、酢豆腐の若旦那のごとくに、ねばならぬという自意識によってなされるものだから落ち着かぬこと夥しく、彼はぎこちなげに身体をむずむずさせるのであって、立ち方ひとつとってもロッカーはこれだけ苦しむのである。

また、そうしてテレビ番組に出演していると、いろいろ質問をされたり、軽妙洒脱なトークを披露するなんてなことが要求されるがここでもロッカーはいろいろと苦心をしなければならぬのであるぜ、ベイビー、と言うと、勘の鋭い読者諸兄はもはやお気づきかと存じますが、ほら、オレの語尾の感じが冒頭からちょっと妙でしょ？　これがロッカーの苦しいところで、ロックというのはそもそも輸入舶載の音楽。その思想のなかに日本語による尊敬語という考え方がない。さらには右に申し上げた怠惰頽廃自堕落無軌道な感じを演出しなければならず、当然、余人と構えて対話をする場合、尊敬語というものはこれを除去してかからんければ相成らぬのであるが、ところがその当人はロッカーと雖も謹厳な日本人。尊敬語を除去するのがなかなかに苦しく、例えば初対面の人に、「こんどのニューアルバムの評判はいかがですか？　或いは自らの感触・手応えは？」と問われ、「けっこういいよ」と真顔で言うのはなかなか難しく、いかに毛髪を五色に染め二の腕にがまんをいれるなどしていかにも荒くれ者のごとくに外見を取り繕っていても、そこはそう、「御陰様で上々です」なんて文房具の営業マンのような口調で答えてしまうのである。これではなにもかも台無し・玉無し。そこで我々ロッカーは、つとめてタメロ、さりげない口調、友人と喋っているような気安い口調で喋るようにして、決死の覚悟で顔をこわばらせ、「けっこういいよ」と言ってみるのだけれども、するとそれまで円滑であった日本語の会話が突如として途切れて、吹き替えの米国映画の台詞が混ざり込んだような感じになって、場の空気が急速に白け、冷汗三斗。慌てて、「って感じです」などとつけ加えるなどして場を取り繕うのであるぜベイビー。

しかしそれではどうにもならないので、とりあえずの暫定的な処置として、冒頭から小生じゃねぇや、オレがやってるように語尾に、「だぜ、ベイビー」をつけるという語尾作戦。あえて、ヤンキー社会の長幼の序に厳しい言語体系を持ち込むことによって逆に不良感を醸し出そうとする作戦、語尾作戦の変形で、語尾に、「だ」「なんだ」とつけることによって若々しさを演出しようとする作戦などもあるがどれも決め手に欠け、みんな結構辛い思いをしてるっすうぃっす。或いは、みんな辛い思いをしてるんだ。たはは。

といった具合に常住坐臥、ロッカーはその行動をロックの規範から逸脱せぬように細心の注意を払っているのであるが小生っていっちゃいけねぇ、オレなんかの場合、個人的にもっとも辛いのはオレが実は非常に家庭的な人間であるという点で、こんなことが公になったらオレのロッカーとしての生命は完全に絶たれるが、はっきりいってオレはマイホーム主義者である。妻子を溺愛している。生命保険もいくつも加入しているし、一時払いの保険さえいくつか買っている。日曜日には妻子を連れてピクニックに出掛けるのが無上の喜びだ。もちろん変装していくけどね。

コンサート終了後。メンバーが適宜御婦人をこましたり馬鹿騒ぎをしているのを後目《しりめ》にオレはジャンキーのふりをして無言で立ち上がりホテルに戻るが、なにがジャンキーなものか。オレは妻子にメールをおくっているのだ。そして妻からの画像付のメールを見て、いひひ、と笑っているのだ。

そしてこないだの夜。オレは妻子を連れて児童公園に赴き、子供を笑わせようとほほら踊りを踊っているところを写真に撮られてしまったのであり、わはは、オレはもうあかんのだぜ、ベイビー。妻子。といってまた、ほほら踊り。ちょっと愉快な踊りなんだ。ほ。ほ。ほほらのほい。ほ。ほ。ほほらのほい。踊るにつけ口中に苦虫の味が広がっていくのであった。のだぜ、ベイビー。

出世の早道。台所の破壊

過日、新聞を読んでいたところ、長野県知事田中康夫閣下についての小さな記事が掲載されており一読した自分は、ややや。もしくは、むむむ、もしくは、きゃらら、という音声を発した。非常に感心をしたからである。記事の内容は、田中康夫閣下が県知事の公用車であるところの高級車センチュリーは贅沢なのでこれを売り立てに出し、これで十分だ、とて、低級車ってわけではないが、まちっと廉い、クラウンマジェスタを公用車と定める、と発表したというのである。

豪いと思った。ナイスだと思った。なんとなれば大体において県知事などというものはその県でいちばん偉い人で昔でいえば大名である。まあもちろんいまは民主主義といって、そうして偉い県知事を人民の入れ札によって選ぶことになっている。つまり昔だと大名と往来で行き会った場合など、人民は往来に土下座してこれをやり過ごさなければならなかったが、いまや別段、そんなことをしなくてもよくなったのであり、それどころか公僕などといって逆にへりくだっているというか、大名など、実際はどうだったのか知らないけれども、テレビ時代劇などを見ると、龍や鳳凰が彫ってあるような金糸銀糸が使ってあるような、漆が七重に塗ってあるような、金蒔絵がしてあるような、不分明に贅沢な駕籠に乗って往来をしているが、最近の県知事はセンチュリーを贅沢だといってクラウンマジェスタに乗り換えるのである。

で、それがなぜえらいかというと自動車会社がいったいなんのためにセンチュリーという車を造ったかというと、ただ単に移動の便利のために拵えたのではなく、いみじくも知事が、贅沢にすぎる、と言ったように、乗る人に贅沢な感じ、いい感じを与えるように設計・デザインして拵えたのであって、ということはどういうこと？　つまり、これに乗る人は実にいい感じを感じるのである。だから大抵の人はセンチュリーとクラウンマジェスタがあった場合、センチュリーに乗りたい。また、人間には見栄・虚栄心というものがあって、たとえそれが往来で行き違っただけのもう絶対一生会うことの無いであろう人であっても、お？　と思われたいと思っている。お？　なかなかええ服着てるやないの。なんて。だから駕籠には龍や鳳凰、金糸銀糸、漆、金蒔絵といった飾りを施すし、やはり車はセンチュリーがよいというのが人情、にもかかわらずセンチュリーを棄てクラウンマジェスタに乗るなどということは並大抵のことでできることではないからである。きゃらら。

ではなぜ、せっかく乗ることができる、乗っていいよと言われた、自分自身いい感じの、他に対してもえらそうにして威張ることのできるセンチュリーをやめるのか、と言うと、それはつまり、「贅沢に過ぎる」ということで、そういうと、え？　なんで？　贅沢やからええんとちゃうの？　という人もあるかも知らんが、贅沢だから悪い、と知事はいうのであり、これはいったいどういうことであろうか？　右にみたとおり、贅沢というものは人をしていい気分・気持ちにさせるものである。これが悪いとはいかなる禍事か？　というのは実は贅沢には実に奇怪な特色があって、贅沢をしている当人は所期の気分の良さを得ることができるのだけれども脇でこれを見ている者は非常に気分が悪くなるのである。というとまた、「え？　そんなことはないでしょう？　人間という者がそんなさもしい存在だとは僕には思えない」などという人があるが、そんなことはなく例を挙げれば、例えば自分など、けっこう高潔な人間なのだけれどもそれでも町の蕎麦店などに入り、自分が並天丼を注文したのにもかかわらず、隣の人が上天丼を注文した場合など非常に気分が悪くなる。つまりその隣の人が贅沢をしたために自分の気分が非常に悪くなったのである。

或いは以前。自分は二十万円で購入した中古車に乗ってホテルの地下駐車場に入っていったのであるが、その際、駐車場のおっさんは自分にごくぞんざいな口を利き、片隅の非常に駐車をしにくい場所に誘導したのである。何度も苦労をして切り返しをしていると後から輸入船載の高級自動車が入ってきたのが見え、さておっさんはどこに誘導をさらすのであろうか、と思ってみていると、おっさんは慇懃な態度でへえへえこれに対応し、広々とした実に駐車をしやすい場所に誘導をしたのである。当然のごとくに自分はむかついた。まあ、相手が大名であれば自分だって諦めて土下座する。しかしながらいまは時代が違って大名だって入れ札で選ぶ世の中なのである。それをばなんだ。あのおっさんは。人民を差別するな、と思ったのである。

つまり出世をする人と底辺に蠢く人の差はここである。自分がよい気分になりたいがために、高級自動車に乗って人を押しのけ、つましく暮らしているパンク歌手の隣でわざわざ天井の上を誂え厭な気持ちにさせる、などする人はやはり出世ができず、一時的にはよいかも知らんが人民の反感を買って早晩、没落する。それに比して、出世をする人はそこいらへんの理論を知悉しているから無暗に自分のいい気分を追求して人を厭な気分にさせぬための配慮を怠らぬのである。

自分はなるほどと思った。自分がいっこうに出世をせずいつまでも場末の小店で歌を歌っているというのはこれが原因だったのである。つまり自分は知らず知らずのうちに贅沢をして人民の嫉視・反感を買い、それが妨げとなって出世ができないでいたのである。ということは日常の贅沢というものを廃せば自分だって出世ができるという寸法で、だはは、なんだ簡単なことだ。そんなことでよいのなら即座に実行できるぜ、きゃらら、やろう、と身辺の見直しを開始したのである。

自分はキッチンから見直しを開始した。キッチンの台の上にオリーブオイルが置いてあった。

エクストラバージンオリーブオイルと書いてあった。なんだか知らぬが贅沢そうな感じがした。むかし中国の皇帝は処女を侍らせその精によって若返りを図ったと聞く。その給金は年間どれくらいだっただろうか? 豪儀な話である。そのうえなんだか淫猥な感じもする。そのバージンという文言にエクストラという文言まで付記されているのだからこれは贅沢に違いなく、こんなものを使っていることが知れたら通常のバージンオイル、或いは、バージンでない、でてひめの玄人オイルを使用している人になんと思われるか分からず、これでは出世は覚束ない。ただちに破砕した。次に自分はガスレンジにフライパンが乗っているのを発見した。フライパンくらい誰でも持っていると油断してはならない。このフライパンは特殊な金属を何重にもコーティングした贅沢きわまりないフライパンで熱の効率がよいうえに食品がこびりつかぬような加工もなされているため、少量の油で調理することができるのである。こんなものがあることが知れたら、効率の悪いフライパンに大量の悪質な油をぶち込んで筋肉《すじにく》を調理している人民に復讐されるに決まっている。ただちに破砕しようと思ったがなかなか砕けないので専門店に赴いて、サンダーを購入してきて漸く切断・破壊した。

なんだか昂奮して気が違ったようになった。それから自分は電子レンジを掛矢で叩き壊し、冷蔵庫の扉を引きちぎり、鶏卵やレタスを頭から浴びて咆吼し、酢を飲んで獅子吼し、ガスレンジを頭上に持ち上げて床にたたきつけクイーンというドンバのボヘミヤンラプソディーというクーキョを絶唱した。

どれくらい時間が経ったか分からぬが完全に破壊しつくされたキッチンで我に返ると腹が減っていた。しかしながら飯を拵えることができないので自分は鰻屋に出掛けていき他に客がいないのを確認して上鰻丼をそういおうとして嚢中が乏しいのに気がつき慌てて並鰻丼をそういった。いずれ出世して……、と思ったが出世して贅沢をしたら没落する。考えつつ鰻丼を頂戴した。口中に並鰻丼の味が広がった。

人生の意味。人間のナン

過日。ある若者と話す機会があった。自分は、若者。いいね、若者。希望と可能性に溢れ明日を夢見て邁進する。あはは、若者。と思っていた。ところがこの若者ときたら二十七にもなって定職に就かず、じゃあどうしているのかと問うと、さまざまのアルバイトをして、多少のゆとりができたならば通貨の安い国へ長期旅行に出掛けるなんてなこともしつつ、いい加減に暮らしているのだ、と言う。

まったくもってなんという若者だ。そんな淀んだような人生を送っていてどうするのだ。こういう場合、年長者は説教をしなければならない。しかしながら説教をするためには口先をうまいこと回す必要があるが、どうも自分は口先が苦手で、必要があって議論や交渉をする場合でもじきに、あわわあわわ、となってしまい相手に文句を言いにいったつもりが逆に謝って帰ってきたり、粗悪な品物をとてつもない高値でつかまされたりすることが多く、うまく説教をする自信がない。第一、面倒くさいしね。

しかしながらとはいうものの世の中には順番というものがあり、まあ自分もそういう年齢になったのだからやはり説教のひとつもやらんならん、というか、そうして我々が若い者を善導していかんければこの国の将来はどうなるでしょうか？　やはりいうべきときは言わんければならん。それに、俺は説教が下手だ、と嘯いてこれを避けていればいつまで経っても上手にならずいつまで経ってもヘタクソのままだ。人間やはりトライが肝心だ、って、ほら、俺はもう説教のモードに入ってる。

勢い込んで説教を開始したところ、若者は説教が効いているのか／いないのか、ぼやん、とした顔をして返事をしない、しまった。やはり、俺では駄目なのかあっ。焦りつつ、

「しかし君はぜんたい駄目じゃないか。やはり定職に就かんければあかんでしょう。親御さんも心配しとるのじゃないか」と言ったところ若者は、さらにぼやんとした興味なさげな顔をして、

「やりたいことがみつからないんっすよ」と言うと、かがみ込み、タン塩を食ってビールを飲んだのであった。

自分の焦りとは裏腹に若者はちっとも切迫した様子もなく旨そうにタン塩を食っている。それに引き比べて自分は、若者を善導しようとして焦って喋っているから先ほどからカクテキをひとかけら食ったばかりだ。カクテキビールハート。キャプテンビーフハート。ハートが痛い。しかもまあ自分は年長者だからここの勘定はまさか全部って訳ではないだろうが、まあ自分が

多少、余分に出さんければならぬに決まっていて、ならばやはり公平、平等という観点から言っても、いまは説教・後進の育成よりも飲み食いに専念した方が得策というもので、まあこういう自分の考えをエゴイスティックといって批判をする人もあるかも知らんが、しかし背に腹は替えられない。というか自分はむかしあるミュージシャンに批判されたことがある。批判の対象は自分の書いた詩で、自分がきわめて救いのない絶望的な詩を書いたところ、そのミュージシャンは、そのような人を絶望に追い込むような詩ではなくしてもっと人を救うような詩を書くべきだ、と言って自分を批判したのである。しかしながらそのミュージシャンは年収が二十万円余しかなく、前歯が欠損して痩せこけており、服装もぼろぼろであったため周旋屋に警戒され、アパートを借りることもできず、友人の家を転々としているといった体たらくで、あなたは他人を救う前に自分を救った方がよいのでは……、と申し上げたところ、彼は激怒して自分をどつきまわしたのであった。

しかし僕は暴力には屈しない。やはりここは若者の善導、国家の将来よりもまず、自分がタン塩を食べるべきである。そうして自らを救ったる後、国を救えばよいのである。そう思って自分はタン塩やカルビ肉をむさぼり食った。するとどうでしょう、なんだかお腹がいっぱいになると、説教のことなどどうでもよくなって、そのままなんらの意見を表明することもなしにバカ話をして大いに笑って帰宅、ぐっすり眠ってしまったのである。

翌朝。自分は寝床のなかで天井をみつめて考え込んでいた。まあ、あの際、自らを救うのに夢中でついに国家を救うことができなかったのは痛恨の極みであるが、それにつけても、やりたいことがみつからぬ、ということはなんたらひがごとであろうか、と強く思っていたのである。

いい若者がそんな無気力なことでよいのだろうか？　それに引き比べて自分など、やりたいことがありすぎて困っているくらいで、やりたいことがみつからぬなどという若者の心理・心底がまるで理解できぬのである。

例えばいま現在、この瞬間だってやりたいことはある。というのは、まあ基本的にそれがやりたくて目を覚ましたのだけれども、いま自分は激烈にトイレに行きたい。トイレに行って小便をやりたくてしかたない。というと、じゃあやりゃあいいじゃないか、と思うかも知らんが、そこが素人の浅はかで、まあやりたいのはやりたいけれども、いま少し寝床でぐずぐずするということもやりたい。と、ほらね。自分はやりたいことが起きたばかりだというのにすでにふたつもある。

そして自分は葛藤・煩悶の挙げ句ついにトイレに行き、戻ってきてさっきやりたかった二度寝を実行しようとしたのだけれども、なんだかもう眠くなくなっている。じゃあ起きたいのかというと別に起きたくもなく、ここらあたりは若干、無気力で覇気・精彩を欠いて、やや若者に近い。こんなことではだめ。なにかやりたいことはないだろうか、と考えていると、次第にやりたいことが見つかってきた。すなわち新聞を読むということをやりたくなってきたのである。そこで玄関の穴のところまでいって新聞を取ってくると、床に座り込んで新聞を読み始めた。世の中にいろいろな事件や出来事が起きている。それというのも人々がいろいろなことをやりたいからであって、やりたいとやりたいが交錯して事件や出来事が生起、人の世というものが川のごとくに流れていくのである。因果なことよのお。と慨嘆を久しくしていると今度は茶を飲むということがやりたくなったので、迷わず茶を飲んだ。

さあ、ここからが正念場だ。小便をし、新聞を読み、茶も飲んだ。目が覚めてからずっとやりたいことをやってきた。しかしながらそれはまあちょっと考えればすぐに思いつく、やりたいことで、さあ、この後、今日一日、俺は自分はいったいなにをやりたいだろうか?

ちょっと考え、仕事? と思った。仕事。さあ、どうだろう。いま仕事をやりたいだろうか? いやー。あんまりそれはやりたくない。というよりむしろテレビ時代劇をみるということがやりたいのだけれども始まるまでまだ数時間ある、ということはどうだろう、朝はんを頂戴することにしようか? まあ朝はんを頂戴することがやりたいか、とまあ、そんなに強くやりたいわけではないが、仕事のようにやりたくないというわけではないが、どうしてもやりたくないというわけでもなく、じゃあまあってんで朝はんかるーく済ましてから、さあ、と呟いて部屋のなかを見渡した。一昨日やりたくてやったプレステ2用ゲームソフト、少女とアフロが世界を救う！「ユニゾン」のケース、飲みたくて飲んだ一升瓶入りの豊饒自然焼酎「観無量」。読みたくて買ってきた、「海外旅行の裏技・隠しワザ2」。健康になりたくて買った「濃縮ウコン」ソフトカプセル三十粒入り。料理を拵えたくて買った「ダブルタイガーコーンスターチ」などが朝日を浴びていた。

いったいどうしたことだろう。突如としてやりたいことがなにひとつなくなった。そんな馬鹿な。俺はやりたいことが山ほどある人間だ。例えば、ほら、と、私はそんなことは本当はやりたくなかったのだけれども、こい一つはい一ぜ！と口先だけでいいながら誰もいない室内で無理矢理踊りを踊った。口中に苦虫の味が広がった。

人間の癖山水

昔から、なくて七癖あって四十八癖なんてなことがいってあるが考えてみればその通りで人間にはさまざまの癖があるものである。

そういう自分なども、まあとりたてて変わったところのない平均的なパンク歌手であるが、それでも思い当たる節というか、いくつか癖のあるもので、例えば、仕事をする際、デスクの周囲・周辺が散らかっていたりすると苛々として心落ち着かず、まるで能率が上がらないので、デスク周辺の片づけをしなければ仕事に取りかかれない、なんてな癖がある。ところが困ったことに、初めのうちは、書類、ノート、辞書、万年筆、各種資料などを所定の位置に収納する、デスクトップを軽く布で拭く程度で済んでいたのが、気になる範囲が次第に拡大、最近ではすべての部屋に掃除機をかけ、窓拭きをし、床を磨き茶碗を洗い、家具を磨いたら風呂掃除トイレ掃除、畳をあげてこれをたたき、襖障子を貼り替えて、どぶさらい井戸さらいまで済まさないと仕事にかかれぬ、なんてなことになってしまい、さすがにそんなことを毎日やっていられないので、なるべく仕事を手控え、酒を飲んだり小唄をうたったりするように心がけていたら、どういう訳か煙草銭にも事欠くようなことになってしまったというのはまことにもって因果であるといえる。

それ以外にも、突如として、わしゅびっしゅわんだんびらんだん、わんわんびらっだん、わんびらっだん、びらっだん、と意味不明の文句を唱えながら棒を振り回し、或いは団扇太鼓を叩き、家の中を行進パレードしてやめない、なんて癖などもあり、そうやって数えていくと七癖では収まらず、十八癖くらいはあるのではないか、と思われるのである。

てな具合に癖などというのは各々千差万別であるが、自分の友人に、合井慧寿二君というのが居てこの人はそうとう変わった癖の持ち主である。

自分が合井君の変わった癖を知ったのは二年ほど以前、合井君と偶然町で行き会い、じゃあちょっとその辺で飯でも食おうじゃないかとお話相まとまってそこいらのよい加減なレストランに入ったときである。

てめぇら何人だ？　見てわからんか？　トゥー・パーソンズだよ、馬鹿野郎。お定まりのやり取りの後、席に通され、品書きを配られる。ここまで合井君にとりたてて変わったところはなかった。

豹変したのは品書きを開いて十二秒くらい経った頃である。合井君は、子供が悪戯に笛を吹いたような、ひぇええええ。若しくは、ぴぇええええ。若しくは、ひぃいいいいっ。という頓狂な声を上げた。数人が振り返った。自分は、どうしたのだ？　なにか不都合なことがあったのか？　と、声をひそめて合井君に尋ねた。それでも合井君は、ひぇええええ。若しくは、ぴぇええええ。若しくは、ひいいいいいっという頓狂な音声を発するのをやめない。振り返る人がだんだん増えた。ボイも妙な面つきでこちらを見ている。しょうがない、今度はやや強い調子で合井君に、いったいどうしたんだ？　と尋ねたところ、合井君は、「カレーライス千八百円！」と吐き捨てるように言い、「やってられるか馬鹿野郎」と怒鳴ったのである。

つまり合井君の奇癖とは、比較的高級なレストラン等飲食店で一品料理等の値段が彼の内部規定の料金を上回っていた場合、無性に腹が立ち、周囲の状況に対する顧慮も配慮もなくなって頓狂な笛のような音声を発したり、メニューの当該欄を大声で読み上げるなどするという古今に稀な癖であったのである。

しかしながらそれは合井君が特別に吝嗇であるということを意味せず、彼の金遣いはレストラン等飲食店以外では実に鷹揚で、合井君は人にものを贈るのが好きで、盆暮れや記念日に驚くほど美々しいものや華麗なもの、気の利いたもの粋で洒落たものをしばしば人に贈りみなに喜び好かれているのであり、こんなことはけっして吝嗇な人にできることではないのである。

また合井君の言葉遣いが平生から乱暴であるということもなく、どちらかというと、彼は穏やかな物言い・言葉遣いの人で、「やってられるか馬鹿野郎」といった粗暴な言辞もまた比較的高級なレストラン・飲食店に入ったときのみに限っての話なのである。

そんなこんなで困じ果てた自分は、急ぎ合井君から品書きを取り上げ、テキトーな料理を誂えてあてがったのだけれども合井君の機嫌はいっこうに直らず、ボイが料理を運んでくる度に「これなんだよ?・」と詰問したり、「はん。しゃらくさい」「はっ! 馬鹿馬鹿しい」などと毒づいたり、「ぴぎー。ひゃらららららっ」などと奇声を発したりするのをやめず、久しぶりにあったのにもかかわらずろくに話もできないで別れたのである。

それからまた暫くして自分はまた合井君と町で偶然会った。合井君とは偶然が度重なる。まだ宵の口だったので、そこらでお茶でも飲もう、ということで衆議一決して合井君と自分は手近のラウンジ様の店に入った。ゆったりと椅子が置いてあり、絨毯がふわふわして分厚く、男店員は黒いお仕着せ、女店員はひらひらしたギリシヤ神話みたいなお仕着せをそれぞれ着用に及んでいた。まずい、と思ったがもう遅い、合井君は例の、「ぴぎーっ。ぴぇえええ。ひいいいいっ」を始め、「ブレンドコーヒー千二百円! エスプレッソ千五百円! カフェオレ千八百円!」と怒鳴り始めた。そして合井君の頼んだ飲み物を作るために男店員がワゴンを席の近くまで押してきてもったいぶった手つきで火を燃やしたり、かしゃかしゃしたりし始めて合井君の怒りは極点に達し、「いいトシしてキャンプファイアーか!」などと怒鳴りだし、自分は大急ぎでコーヒーを飲み干し、火傷してまわらぬ舌で怒り狂う合井君を宥めつつ表に押し出し、それから思いついてJRガード下の焼鳥屋に合井君を連れていったのである。

会議用テーブルの前にがたがたする座面の丸い背もたれのない椅子がぎっしり並べてあり、絨毯はなく床イーコール路上で、男店員はねじり鉢巻きをし、女店員は背中に龍の刺繍のある印半纏象徴半纏のようなものを着用に及んでいた。合井君はうって変わって上機嫌になり、店員に冗談をいい、自分にもなにくれとなく気を遣う、すっかり気のいい奴に変じたのである。合井君と自分は最初はビールを後半は焼酎のお湯割りを飲んで泥酔、アホーなことをいい、歌い、笑い、楽しい時間を過ごして、グッバイアデュー、左右に別れたのである。

それから合井君と偶然会わぬ日が続き、自分は仕事を怠けてテレビ時代劇を見るなどして日を暮らしていたのであるが過日、勃然と合井君の、ぴぎー、が聞きたくなった。なぜかはわからない。しかし合井君が、メニューを見つつ、ぴぎー、ふぁぎゃああ、と喚いている姿を見たくて見たくてたまらなくなったのである。そこで自分は合井君に電話、今晩、時間があったら飯でも食わぬか? と誘ってみた。合井君は、諾、とおっしゃる。自分は合井君にはそれと告げず超しゃらくさいフレンチ料理の店の個室を予約の挙げ句、なにも知らずにやってきた、合井君を連れていった。

予想通り合井君は、「ぴぎーっ。ぴぇええぇ。ひいいいいっ」を始め、またメニューの読み上げを始め、個室ゆえ周囲に気を遣う必要もない、さんざんこれを楽しみつつ料理を頂戴し、ワインをがんがん飲み、するとまた合井君が、「びぎゃあ、ひゃあああ、きょんきょら、ひゃらららひゃりこ」と泣いて面白いことこのうえない。さんざんに食らい酔って笑いさんざめいて、合井君も怒るのに疲れてぜいぜい言い出したので、ああ、面白かった、帰ろう、ってことになって、今日は僕が誘ったのだから僕が奢ります、と言って勘定書を見て、今度は僕が、ぴぎゃあ。

怒りの爆笑

テレビジョンを見ていると、腹を立て怒ってばかりいるのは健康のためよろしくなく、やはり笑って過ごすのが長生きの秘訣と主張する人があった。実に健康そうな人でニコニコ笑っていた。自分はそのとおりだと膝を打ち、立ち上がってクラップを打ち、足を踏みならし、腰をくねらせ踊り狂ってげらげら笑った。なんだか健康になったような気がしたが、それからが大変、自分はあらゆる局面において笑っていようとつとめたが、やはり人生には腹の立つこともあって気がつくと、「怒りの鉄槌。アギ・激山怒太郎の暴れ。星飛雄馬の髭」なんて映画の企画書を書いていることもままあり、こんなことでは長生きはできない。

そこで自分は精神修養にこれつとめることにした。百箇日の参籠。山籠もり。火渡り。水垢離。立木に木剣を打ち込む。巌を持ち上げて谷底に投げつける。（これはやった後、あ、もしかしたら下に人が居たかも、と思ってひやひやした。いくら修行だからといって他を傷つけてはならない。）全国の霊場を巡って祈願をした。通信販売でアブドアーという機械を買って腹筋や背筋を鍛え、ジョギングをして有機野菜を食べた。とんち教室に通って冗談を習った。アンゴラ兎を飼育もした。

その間いろいろなことがあり、その経緯は実に波瀾万丈の物語でとっても面白いのだけれどもいまは時間がないので割愛して結果だけ申し上げると、自分はみかけ上は怒らなくなった。みかけ上というのはつまりどういうことかというと、腹が立つことがあってもにやにや笑っていられるようには、一応、なった。結構なことである。しかしながらだから腹が立っていないかというと、内臓が沸騰するほどに腹が立っているのである。

はっきりいって自分の精神修養は失敗であった。というかこんなことならやらない方がましだった。だいたいにおいてその素質のないものが精神修養などをやったところで無駄なのであって、自分はそのことを知るべきであった。それを知らずに無暗に修養したものだから、腹が立てば立つほどにやにや笑うなどという奇ッ怪千万でふざけた人間に成り果ててしまったのである。

そしてこのことは実生活の部分においてもまた自分を不幸の底の底に叩き落とした。

というのは、まあ通常、人間が怒るには、ただただ無暗に怒ってる訳ではなく、些細なことから深刻な問題まで様々の理由がある。そしてこうなってみて初めて気がついたのだけれども、怒るということは、その理由の部分に対して一定の抑止力を実は備えているということである。

例えば、部下が仕事上のミスをしてあなたに損害を与えたとする。指示したはずの連絡を怠っていたため得意先にすっぽんをかます結果になってしまった、とかね。その場合、あなたは怒る。そして怒ったことによって部下は、あなるほど。やっぱ、指示されたことは誠実に実行せんとあかんな、と悟り、次回からそのようなミスをせんとこ、と心に誓い、あなたの不利益が抑止せられるのである。と、いうと、いやそんなことはないでしょう。やはりミスはミスなのだから相手が怒る／怒らないにかかわらず非を悟るのではないですか。と反論する人があるかも知らんが、では、あなた自身に立場を置き換えてみるとどうなりましょう。理由はなんであれ、あなたは得意先をすっぽかしてしまった。相手は怒っているに違いない。そう思って謝りに行くと、意外や意外、相手はへらへら笑って、まあそういうこともありんすよ、なんつってる。その場合、あなたはどう思うだろうか？　なーんだ。はは。意外に怒ってないや、と安心、その得意先を「あの人は大丈夫ファイル」に入れ、別のもっと怒りやすい得意先対応にエネルギーを注ぐはずなのである。

このように、怒るという行為には、相手に表明することが将来の諸問題を未然に防ぐ作用があるのであるが、ところが因果なことに半端な精神修養をしたことによって自分は自分の怒りを相手に伝えることができなくなってしまい、日々、様々の不利益を蒙ったり、悲惨な目に遭うようになってしまったのである。

例えば先日はこんなことがあった。

自分はある人物と仕事をすることになっていて、各種の発注もこれを済ませ準備を進めていた。ところがある日、突然その人物が一方的に契約破棄を通告してきた。自分は驚き、関係各方面に連絡を取ってみたところ、その人物は当然なすべき関係者への連絡業務を怠っていたため業務の渋滞が飽和状態に達しどうにもできなくなった彼は突如としてすべての業務を放擲した、ということが判明した。

自分は怒った。彼が仕事をさぼったその不利益をすべて自分が被る形になった。理不尽である。自分は彼と話し合い、彼の責任を追及した。ところがそうして怒っているものだから、顔がにやにや笑けてしまって真剣に責任を追及できない。自分が怒っているということが相手に伝わらず、相手は自分がこの問題に対して重要な問題だととらえていないととらえ、「どうもすいません」と張りのある声で言って拳を丸め額に当てた。林家三平の物真似である。自分はそのふざけた態度にますます腹が立ち、ますます笑った。すると相手は物真似が受けたのだと勘違いして、今度は、

「ご迷惑をお掛けしてすみま千駄ヶ谷」と拙劣な洒落を言った。自分は烈火のごとくに笑い、相手も笑って、相手は重大なミスを犯したのにもかかわらず、すっかり気楽になり、「じゃあまたくらあ」と言って帰っていったのである。

ひとり部屋に残った自分は口惜しくてならずへらへら笑った。

或いはこんなこともあった。

自分は自動車に乗り、赤信号で停止していた。突如として激しい衝撃を感じ車が数米前進、慌てて制動ペダルを踏みこんだ。なにごとならんとバックミラーを見ると、後部に後続車がめり込んでいた。

自分は停車していたのであり、完全な貰い事故であって一〇〇パーセント相手側の過失である。ところが車から降りてきたその若い男は、実にふざけた男で、携帯電話を耳に当て、「やっちゃったよー」などと誰かと話している。俺は猛烈に腹を立てて笑った。おそらく事故の原因はこの携帯電話であるのにもかかわらず、彼はまだ携帯電話をやめぬのだ。なめやがって。自分は激怒のあまり爆笑、男は、「相手？ 大丈夫、大丈夫、なんか笑ってるよ。おかま掘られて笑ってるんだから馬鹿じゃねーの？」なんて喋っているのである。自分は頸椎と右腕の神経を痛めていまでも右腕が肩より上に上がらず、あのふざけた男の顔を思い出すたびにひとりで笑みが浮かんでくる。

そんなこんなでさんざんな毎日であるが、働かなければ生きていかれない。仕事場に行こうとして、階下に下りると、一階の帳場にいる管理人のおっさんが、自分の姿を認めるや、「やあ。馬鹿者」と声をかけてきた。無下に馬鹿にされ腹が立ってにやにや笑いが浮かぶ。おっさんは図に乗り、「おまえはホント馬鹿だよな、ははは、馬鹿馬鹿馬鹿馬鹿」とさらに嘲弄《ちょうろう》、それでも自分が笑っているので、ますます調子に乗り、今度は帳場から出てきて自分の腹を殴って笑いながら去っていく。自分も笑いが止まらない。げらげらげら。俺はいつまでも玄関ロビーで笑っていてなかなか仕事に行かれない。苦虫の、味。

料理の腰砕け

ピンポンと玄関の呼び鈴がなったけど、ピンポンっていうのはあれピンポンなんだろかね？ほんとに？　オール阪神・巨人の漫才ではピンポンというよりインゴン若しくはインオン、と発音するけどその方が実際の呼出音に近いな。漢字で表記すると、陰権、若しくは、陰恩。つまり、陰にあって第二次的なもの、或いは、第三者の功績といった意味になり、いずれにしてもなんだか暗い、日陰者って漢字の言葉になるね。

なんて考えていると、インオンインオンインオンインオン、と激しく呼び鈴が鳴ってなるほどこれは俺がなかなか玄関に応対に行かないから怒っているのだね、まったくもって仕事ずくめで余裕のない奴だ。騒々しい、と思いながらも玄関番が居ないのでみずから、ドーレ、応対に出ると、荷物を持った男が立っていて判か署名を呉れといって伝票を差し出すのは荷物の配達か、なめやがって、といって、はは、俺って臆病、実際には、あどもすみません、かなんかいって、配達されてきた荷物、別段重いって訳じゃあない、まあ、ティッシュペーパーの箱くらいなのを居室に持ち帰り、ダイニングテーブルと記述するのはしゃらくさい、卓袱台くらいがちょうどよい、卓袱台に置いた瞬間ぜつな、腰に電光が走り、俺は台に手をついたまま動けなくなった。

まったくもって情けないことだ。意識は鮮明であるのにもかかわらず三人がかりで台に乗せられ、仰向けになり、電線にしきられた鉛色の空を凝視しつつ救急カーに乗って救急病院へ。医師に、「おまえはぎっくり腰だ」と宣告され、麻痺剤をしこたまぶち込まれて、小栗判官、町の人の親切に助けられて家に帰ったのであった。

それからというもの俺は人生の厄介者。腰が痛くてなにをするにも時間がかかるし邪魔になるし、椅子に座るということができんから仕事もできん、って、そうそう言い忘れてたけど、俺、作家なのね。後、パンク歌手もやってるけど、これもよりいっそうできねぇし、困ってしまってわんわんわわんわんわんわわん泣いてたのよ、日々。狒狒。

でもあるときから俺は考え方を変えた。つまり、いつまでもネガティヴな気持ちでいたってしょうがないじゃない、つまりこれをいいように考えようじゃあーりませんか。つまり、考えてみれば俺はこのところ働いてばかりだ。ちくとも休んでいない。特に今年の正月などはひどかった。そうして働きすぎた挙げ句、やっと休みだって一月元旦、肺炎で倒れて病院にかつぎ込まれ、長期入院、しかしながら人生には締切というものがある、俺は半死にの状態で原稿を書いていたのであり、まるで木口小平である。はっきりいってこんなものは、ゆとりが余裕がとかいってる今時の時代には流行らない。つまりだからこれは神が俺に、「おまえはあほか？いつまで働いとんじゃぼけ。いまどきそんなもん流行らへんっちゅうねん。俺がええ具合に腰砕いといたるさかい、ええ加減、休みさらせ、どあほっ」と仰ってくださったということと考えて休む。それがポジティヴな考え方というものだ。

ちゅて俺は休むことにしたのだけれども、ここだ、考えどこは。つまり人間、ただ休んだって面白味に欠ける。そこはやはりただ休むのではなくして、なにかしらの遊びのような要素も取り入れたい。しかしながら俺は、ほら、腰が砕けている。いわば腰抜けだ。遊びっつっても、外に出掛けて活躍するような遊びはできない。そこで自分は一計を案じ、家人に命じてプレイステーション2という機械とその読出盤を買ってこさせた。すなわち自分は、まったくなんの生産性もないゲームなるものをやって遊ぼうと思ったのである。

けけけ、これなら腰抜けでも大丈夫だ。さあ、これまで働くばかりでいったいなんのために生きているのか分からぬようなありさまだったが、ははは、腰が治るまで何日かかるか知らんが、それまではイエイ、遊ぶぞ遊ぶぜ怠けるぜ、といって俺は家人が買ってきた、「俺の料理」という盤を機械の皿に乗せて押し込んだ。

盤の容器には、俎上に半切れの葱が置いてある写真が入っている。わはは。これからオレはどうなるのだろう、わくわくしながらゲームを開始した。

人間というものは因果なものでどんな場合にでもストーリーというものがなければ感情が入らない。ゲームといえども同様で、ストーリーなしにただただ反射神経のみの働きでゲームに没頭することはできず、やはりそこには、主人公は戦闘機乗りで云々とか十八世紀ロンドン郊外でかんぬんといった状況が設定されているのである。

さて、この、「俺の料理」にはどのようなストーリーが付与されているのであろうか。と、容器に封入されていた説明書きや実際の画面を見てわかったのは、いまから何十年か後、全世界は邪悪な料理集団によって支配されていて、料理人である自分はそれら邪悪な料理から世界を救うべく様々に活躍する、ということで、まず最初に簡単な料理の訓練を受けた自分は、ラーメン店に赴任することになったのである。

開店と同時に客がやってきた。主な客層は貴族や王族ではなく民衆である。土の匂いがする大衆である。最初に入ってきたのは筋骨逞しい建設労働者と思しきおっさんである。青いティーシャーツを着て黄色い鉄兜をかぶっている。なにもしないうちから怒ったような顔をして、席に着くなり、「ビールはいったよ」と怒鳴る。教えられたとおりジョッキを適宜、傾けつつ泡の具合が良くなるよう細心の注意を払って出すと、「普通だなー」といって帰っていく。つぎに、緑色の髪の毛をした、変人のような目つきをした女が入ってきて、「ラーメンつくって」と、なんだか捨て鉢なような人を小馬鹿にしたような巻き舌のような口調でいう。しょうがないので、まな板で葱を刻み、麺を茹で、味付けをして出す、と同時に、今度は背ぃの低い、とっちゃん坊やのような、腹巻きをした男が入ってきて、「ビールはいったよ」。ほぼ同時に、さきほどの労務者のおっちゃんとそっくりのおっちゃんが、入ってきて「ビールはいったよ」。まったくもって忙しいことこのうえなく、しかし客が来るのだからしょうがない、またジョッキを慎重に傾けつつ、注いだのだけれども気が焦っているからか、泡が垂れて滅茶苦茶になってしまい、さらに焦って二杯目を拵えているところに、また妙な女が入ってきて、「ラーメンつくって」。ますます焦っていると今度はもう滅茶苦茶に客が来て「ラーメンつくって」「ビールはいったよ」の声が呪文のように交錯してもうなにがなんだか分からない、とにかく一心不乱に拵えるのだけれども注文は溜まっていくばかりで、そのうち客は真っ青になってぶるぶる震えだし、「二度と来るかっ」「訴えてやるっ」などと怒鳴って帰る客も出てくる。焦って包丁で指を切って血液が噴出、周章狼狽していると、レジで「帰れねぇよ」と土方が怒鳴っている。なんだと思ったら、釣銭がないらしく、慌てて両替をしているうちに、ラーメンが煮え、味付けをして出すと、客は、「二度とくるかっ」と叫び、その間にも「ラーメンつくって」「ビールはいったよ」泣きながら働いていると食い逃げが発生したので通りまで走って出てこれをとらえ、もどったらまたラーメン、ビール。霞む頭でこのゲームはいつ終わるのだろうと思いながら、ラーメン店で俺は汗みずくになって働き続けた。ぎゃん。身じろぎして腰痛。腰痛。

オレ流、出世するインテリア

アートディレクター兼カメラマン兼建築家兼ＤＪ兼フリーターという職掌柄、自宅で仕事をすることが多いが、それがなかなかうまくいかぬというのは、すなわち部屋の問題である。やはりそうして部屋で仕事をする以上、一定程度気分が落ち着き、自らのイメージに刺激を与えてくれる好きなものに囲まれ、ときには友人が集ってわいわい騒ぎストレスを発散できるような部屋であるべきなのに、なんですか？　この部屋の体たらくは？

鈍くさいというか、統一感がないというか、部屋のなかにあるものの色や素材はまちまちでばらばらで相互になんらの関連性もなくてんでに展開しているし、収納しきれないレコードや雑誌が床に溢れ、炊飯器や片手鍋、ラーメン丼といったものもキッチンというか流し台周辺から居間に向けて濃厚なる生活の臭気を発散しているのである。こんなことではクリエーティヴな創造性のある生活はできず、いつまでたっても出世はおぼつかない。だみだだみだ。おらやんだ。となればどうする？　敢然立って部屋の大改造に乗り出し、人生の再スタートを切る必要があるだろう。俺は部屋の中央に立ち、腕組みをして部屋のなか三百六十度をみわたし、まず最初に押入を改造することにした。大体において押入というものは鈍くさい。その鈍くささに拍車を掛けているのがこの襖で、白地の紫のボーダー、丸い引き手の留め釘が何本かとれて気がつくと落下しているというのは鈍くささの極致である。俺は暫時黙考、鈍くさい襖はこれを取り払い、押入をオープンにして衣類の収納スペースとして利用することにした。しかし取り外した襖はこれを保管しておく場所がない。

ううむ。憎い襖だ。これまではそのデザインの見苦しさでオレを苦しめ、取り外したる後も保管場所で俺を苛む。くまあっ。むかついた。俺は雄叫びを上げながら襖を滅茶苦茶に叩き壊した。家主には悪いが気分爽快である。襖の残骸を半透明の炭カル袋に押し込め、ゴミ捨て場に出すとなんだか気分がすきりして、脳にやる気が漲った。きゃあああっ。絶叫しながら押入の内容物を床にぶちまけた。押入の上下を仕切っていた台を破壊して上辺に金属パイプをとりつけ、下に金属の二段棚を押し込めた。上衣や外套をパイプに引きかけ、二段棚にはセーターやシャツをいれるという寸法である。また、押入の内部の壁は剝き出しの合板でなんとも不粋なので、外人の女が金色の服を着てこっちを見ている、半ば溶融した輪郭のない女の顔の大写し、水中で漁網に絡みとられてもがき苦しむ女、市中の壁面を身長およそ二十メートルくらいの巨女が蹴りつけている、など、ファッション雑誌の洒落た写真頁を破って糊で貼った。

押入自体はなかなかよい感じになったがしかし他は相変わらず見苦しく鈍くさい。面積の大きい、天井、壁、床の鈍くささは特に気になり、見ていると心が苛々とささくれだってストレスが溜まり、イメージや才能がみるみる消耗していく。出世ができない。俺はまず天井の改造から取りかかることにした。

おらげの天井はほんとうに鈍くさい。まあ一応、日本風の天井なのだけれども、木目を印刷した薄い板を粗雑な角材でとめてある、というもっとも安手の天井である。かかる天井を簡単に改造・改装しようとして思いつくのは紙や布でこれを覆ってしまうという工法である。しかしどうだろう? それはこの安手な日本風を表面上糊塗して誤魔化しているだけである。そうではなくしてもっと本質的なというか、我々は日本人であるのだから、その和のテイストをより推し進めるような改造はできぬものだろうか? 考えて俺は、天井を格天井《ごうてんじょう》にすることにした。すなわち、天井を留めてある粗雑な角材に対して垂直に角材を打ちつけ、天井に正四角形の格子を現出せしむるのである。これならより本格的でゴージャスな和室の雰囲気が出る。そして俺は、その四角形のなかに宗教の絵を描くことにした。これは日光東照宮の拝殿がヒントである。俺の天井を外人が見たら憧れるに違いない。

天井板がべこべこして釘が打ちにくく、また、釘を打った際に、夥しい埃が落下してきて眼球にへばりつき、脚立から転落、膝の裏を強打したのと、寸法を測り間違えて一番端の格子が正四角形にならなかった以外は概ねうまくいき、俺はいよいよ絵画制作にとりかかることにした。

　脚立に乗り、ペンキ罐と筆を手に思案の末、最初の枡には釈迦の生まれたところを描こうと思った。たしか釈迦は生まれた際、天地を指さし、天上天下唯我独尊といったという。ゆかしいことである。自分は小児が天地を指さし、なにか偉そうなことをいっている様子を絵に描いた。その背後で人々が喜び花を撒き散らしながら喚いたり盆踊りを踊っている様子も描いた。そんなに絵が巧い方ではないのでなんだか子供の絵のようになったが、まあ最初はこんなものだろうし、それはそれで味があるといえなくもない。ところが、次の枡にうつって、俺の筆ははたと止まってしまった。というのは宗教画といってもなんとなく日光東照宮で見た天井がよいなと思っただけで格別の知識があるわけでもなく、次になにを描いたらよいか分からなくなってしまったのである。しかし枡はまだたくさんある。中途でやめるわけにはいかぬし、どうしようと思い悩んだ挙げ句、ええい、ままよ。別に仏教でなくともキリスト教でもフイフイ教でも宗教画という点で統一がとれていればよろしかろう、俗に言うミックススタイルというやつだ。とにかく数を埋めることがもっとも重要だ、と、俺はあらゆる宗教的記憶を呼び起こして枡を埋めていくことにした。

　誕生といえばキリストは馬小屋で生まれたという。俺は小屋を描き馬を描き赤ん坊を描いた。と、そういえば聖徳太子も厩戸皇子といって馬小屋で生まれたはず。俺はちょっと和風の馬小屋を描き馬を描き赤ん坊を描いた。それからなんだか弾みがついて、達磨大師、磔刑になったキリスト、弘法大師が饅頭を食っているところ、日蓮が官僚に捕縛されているところ、海が割れているところなどをプリミティヴな筆致で次々に描き、なんだか夢中になって、郭巨の釜掘りの絵を描いていた、そのときである。筆からペンキが垂れ、あまりにも熱中していたため、ぽかんと開いていた大口にペンキが入ってしまい、わぎゃあ、と絶叫して脚立から転落してしまったのである。結果、床はペンキまみれの無茶苦茶になってしまった。また、描いている最中は必死で自分を誤魔化し納得させていたが、こうして転落して見上げた絵ははっきり言って稚拙きわまりなく、達磨とキリストの見分けもつかぬという不細工な代物である。俺は突然なにもかも嫌になったがここで諦めては出世ができない。天井は後で朱色に塗りつぶして神社タッチにすることにして、まずはペンキで収拾がつかなくなった床をなんとかしようと考えた。しかし畳はペンキまみれだし、またこれをカーペットなどで糊塗するのはやはり誤魔化しである。そこで俺は床も和のスタイルすなわち土間にすることにして、畳を上げてゴミ捨て場に捨て、床をバールで剝がし、根太《ねだ》を破壊し始めた。部屋は惨憺たる状態になり、こんなことで出世ができるのだろうか？　という思いがときおり頭をよぎったが俺は自分を信じて働き続けた。時計を見ると午前三時であった。十時間以上ぶっ通しで働き続けている計算になる。そろそろ腹が減ったが湯も沸かせない。我慢して働いていると、どさん、と音がして振り返ると、押入に取り付けたパイプが服の重みに耐えきれず落下していた。俺は、少し休むか、と呟いて土にしゃがんだ。尻が冷たかった。ぱちん。音がして口中に苦虫の味が広がっていた。出世が。

肯定的に生きる

まだ思考の柔軟な十代のときに、ボブ・マーレーという人の音楽を聴いて随分と影響を受けた。なかでも、「ラスタマンバイブレーション」という曲の、「ラスタマンバイブレーション、エーア、ポジティヴ、ザッツハバグッタイ、アイアンナイバイブレーション、エーア、ポジティヴ」という部分、というかそこしか聴きとれなかったのだけれども、には大きな影響を受け、やはり人間はなにかとポジティヴでなかったらあかんなあ、と思い、爾来三十年、自分はあらゆる局面においてなるべくポジティヴにするように心がけて生きてきたのである。ところが。

先日、ある人と飯を食っていて、「あーたという人はつくづくネガティヴな人だ。あーたほどネガティヴな人をあたしはみたことがない」と言われて愕然とした。えー？　そんなアホなタコなイカな。俺は十代のころより、ずっとポジティヴに生きてきたのになんでなんでなんで？　おっかしーやん、おっかーしんやん、と、頭脳にフォークを突き刺したくなるのを我慢して訊ねると、自分は料理を誂える際にすでにネガティヴだと言う。

彼が自分がきわめてネガティヴであると思うに至った経緯は、まあ料理店には色々な料理があり、品書きにはいかにも旨そうな仰山たらしいことが書いてあるが、またそれ以外にも、本日のお薦め料理というのがあって、店によっては黒板に白墨で書いてあったり或いはボイが口頭でこれを伝えたりする。彼はこれを喜び、なるほど、そうしてお薦めの料理があるのならそれを頂きましょう。といってお薦め料理を誂えた。自分はお薦め料理ではなく通常の品書きから料理を誂えた。彼はこれを不審に思い自分に、なぜ尊公はお薦め料理を誂えぬのか？　と訊ねた。自分は以下のごとき意味の答を答えた、すなわち、

「彼はお薦め料理といっているが、なぜそれがふだんのメニューに載っていないかというと、まあ原因は色々と考えられるがひとつには材料の問題というのが考えられる。すなわち、本日はたまたまこういう食材が確保されたのでこういう料理を拵えてみました、ということだろう。これは一見善きことのようにみえてその実とてつもない危険をはらんでいる。というのはどういうことかというと、コックがその材料の扱いに習熟していないということである。普段拵えている料理であれば、毎日のようにやっているのだから失敗するということはなかろう。しかしながら今日、たまたま入手した材料で平生やっていない料理を拵えるのだから失敗する可能性はきわめて大である。さらには、人間には野心というものがある。珍しいものが、たまたま珍しい材料が手に入ったのをきっかけにコックが身にあまる野心・野望を抱き、これを用いてみなが感嘆して唸るような、そんな物凄い料理をこしらえてみせる、などと気負い、訳の分か

らぬ前衛創作料理を拵えぬという保証はない。或いはもっと言うと、実はよい材料などまったく手に入っておらず、昨日仕入れた食材を本日中に使ってしまいたいだけかも知れず、そうなると生命の危険さえあるわけで、だから僕はお薦め料理はこれを敬遠するのです」と答えたのである。蓋し正論であると言えるが、彼はかかる考え方をネガティヴと批判したわけである。

そして、なるほどそうかも知らん、と思っているところへさして料理が運ばれてきた。その料理店は自分がしばしば利用する料理店で、自分のとったのはいつもの料理である。しかるに彼がとった皿を見ると、おいしそうな材料が美々しく盛りつけてあって、実に旨そうであるが、はは、愚かな奴だ。右のごとき懸念があるのに。と思い、ひとくち食った彼に、「うまいか?」と尋ねると、彼は、「きわめて旨い」と答えたのであり、つまり自分の心配・不安はまったくの杞憂であったのであって、つまり自分は自分のネガティヴな姿勢によって真にうまいものを食べ損ねたのである。

なるほど。ボブはこういうことを言っていたのだ。すなわち、自分は表面上はポジティヴバイブレーション、エーアなどと歌い踊って取り繕っていたが、実際の行動面においてはネガティヴきわまりなく、なるほど、どうも生きていても楽しいことがひとつもない、と不思議であったが、その原因がここにあったのだな。なるほど。こら学問した。こら勉強になった。と自分は思ったのである。

考えてみればその通りで、自分は飯の注文ばかりではなく、あらゆる局面においてネガティヴであるといえる。例えば服屋の前を通りかかり、お？　このスーツなかなかええやんけ、と思ったとする。デザインも洒落ているし、こういうのがひとつあったらええなと以前から思っていた。価格も手頃というか、ははは、丁度セールをやっていて通常価格の七五パーセントオフやんか。ははは、こらええわ。と思ったとする。したら買うのかというと自分はけっして買わずにそのまま何事もなかったかのように立ち去ったのである。

なぜか？　まあ、理由はいろいろあるのだけれども例えば、よく見るとこのスーツにはごく細い赤いストライプが入っている。祝儀の場合は別段構わぬが、不祝儀の際、かかる赤い縞のスーツを着ていくのはいかがなものか？　不埒な奴、ふざけた奴、と思われて村八になるに決まっているのである。またいくら七五パーセントオフと言ったって、そんなことを言ったら君は七五パーセントオフだったらなんでも買うのか？　真夏の炬燵。水に弱い雨傘。地獄の招待券。或いはもっと言うと、洒落たスーツを着てちゃらちゃら往来を歩くなんてなことがしたいか？　そんなものは所詮虚飾・虚栄なのであって、もっと質実というか、人間は中身を磨かんければならぬのであって、いまスーツを買ったからと言って別段、自らの内奥が充実するわけではない。さらには自分は別にスーツに不自由をしているわけではない。既にスーツは何着か持っている。そのうえさらにスーツを欲しがるのは貪欲というもので、やはり人間は貪ってはいけないのであって足ることを知るのが肝要である。

などと考えて自分はスーツを買わぬのであるが、そういう考えがよろしくないということはもう分かったというか、スーツの場合も、過日、ある集まりに二十数年前、就職に際して拵えたぼろぼろの、袖から海藻のようなもののはみでているスーツを着ていって人に侮られて、さらにはっきりしているのであって、ちくともよろしくなく、自分は今後の人生を本当の意味でポジティヴに生き、飯屋で知らない料理を注文、気に入ったスーツがあればいちどに四着くらいはこれを購入しなければならぬのである。

なんてな決意を固めつつ往来を歩いていると、電機店があり店頭に蛍光管がディスプレーしてあるのが目に入った。そういえば自宅の蛍光灯の管が切れかかってぱちぱちして不快なことこのうえない。以前の自分であればしかし、サイズ・仕様が合わぬかも知らんので今日はやめときましょう、と思ったに違いない。しかしオレはいまやポジティヴバイブレーション。わななきつつこれを購入。前を向いて歩き始めたのである。

暫く行くと若い男が近づいてきてきわめて僅かなお金を支払うのと引き替えにチャーミングな女性と一緒に楽しく酒が飲め、さらにもっと佳きことも起こりうる、という話を持ちかけてきた。以前の自分であればなんのかんのと理由をつけてこの話を断ったに違いない。しかしいまの俺は違う。俺は男の話に乗った。結果についてはいまはいいたくない。

とぼとぼ家に帰って不快な蛍光管を取り替えようとしたところサイズ・仕様が違った。口中に苦虫の味が広がっていった。

侮蔑のステア・破れスネア

パンクロッカーという職掌柄、こういうことを言うと嘘と思われるかも知らんが私はきわめて温厚な人間である。幼き頃より争いを好まず、同学の者が相撲をとっているときは絵を描き、プロ・レスをしているときは詩を吟じ、ホッケーをしているときはしょうがないので手品の稽古をした。すなわち人と争うのが嫌、競争するのが嫌で、およそ、争、という字がつくことはこれを避けて生きてきたのである。

学校の勉強もそうだった。ただ勉強をするだけならよいが、いまはどうか知らんが当時は受験戦争なんつって、勉強に争がついて、おかげで僕はすっかり勉強が嫌になって野原でふざけたり、自室で中田ダイマル・ラケットの漫才テキストを朗読したりしていたため、いわゆるところの、落ちこぼれ、という落伍者になってしまい、同級生たちがみな、上級の学校に進学、有名企業に職を得て、或いは官途に就き、立身出世をしているというのに、とうとう場末で歌を歌って四千円貰い、町でお好み焼き食って三畳間で眠るという因果なパンクロッカーにまで身を持ち崩してしまったのであり、まったくもって情け無いことこのうえないが、そんな体たらくだから自分という人間はどうも人に侮られやすくて困る。

パーティー会場で紙皿を持って寿司の順番を待っていたら後ろから来た人にどんどん抜かされる。スーパーマーケットのレジで見知らぬおばはんに突きとばされる。湯わかし器が故障したので修理屋を呼ぶと修理屋は、湯わかし器に触れもしないで、「あ。こりゃ。あ。こりゃ。だめだ」と田舎芝居のような口調で言って買い替えを勧めるばかりでぜんぜん修理をしない。ホテルを予約しようと電話を掛けると必ず、満室だ、と断られる。居酒屋で店員に相手にして貰えず、いつまでたっても注文ができないなど。これはすべて、無学なアホのパンク歌手と人に侮られてのことである。

或いは自動車に乗っていてもそうである。よく、普段は温厚篤実で長者と慕われ大人と敬われている人がハンドルを握った瞬間、人格が豹変し、「こら、退かんか、あほんだら。俺がいくゆーてるやろ、ぼけ。ひくぞ、だぼがっ。ぎゃあ。ぎゃあ。ぎゃあ」と絶叫しながら町中を時速一八〇キロメートルでぶっ飛んでく、なんてな話を聴くが、まことにもって羨ましい限りで、できれば自分もたまにはそうして闘争心をむきだしにして暴れてみたいのだけれども、自分という人間はどう不幸に生まれついたものか、そういう温厚な人が突如としてぶち切れて暴れだすという噂の多い自動車の運転をしてなお、闘争心が起こらぬのである。

そんな自分ではあるが、一応、腹は立つ。ただその腹立ちが外に向かわず、腹の中で蟠る、内向するからよろしくないのである。例えば、さっきなんかは腹が立った。自分は原宿から表参道に向かって制限速度で走行していた。車線は片側三車線で、自分はこの道をよく通るから、いまは通常の走行車線だけれども、表参道の交差点に到達した時点で車線は四本になり、左から左折専用車線、直進左折車線、直進車線、右折専用車線になることを知っていた。自分は、表参道の交差点を右折も左折もしないで直進する予定なので一番右の車線を走っていた。この車線が交差点でふたつに分かれて、右折車線と直進車線に別れるのである。しかしながら一見完璧にみえるこれらの車線にも問題点はやはりあって、ひとつは右折車線が短いため、右折車が多いと直進の車がなかなか進めぬということ。また、もっとも左の車線は路上駐車をしている車でほぼ塞がっているため、左折車線は一車線しかないことで、さらに表参道の交差点では左折車が多いためか、左折信号がでることも問題を複雑にしていて、しかしこのことは事前に予告されていないので、表参道交差点が近くなると実質二車線の車線に、左折したくて左車線にいる車、直進したくて左車線にいる車、直進したくて右車線にいる車、右折したくて右車線にいる車、甚だしきにいたっては、右折したくて左車線にいる車、左折したくて右車線にいる車などがそれぞれ心に思惑を秘めて走行しているという状況になるのである。

そしていよいよ交差点近くになると車線が四車線（実質三車線）になり、それぞれの車はそれぞれの行きたい方向に向けて行動を開始、すなわち、他人の車の前にウインカーを出して割り込む、ということになるのである。いろいろ人の話を聞いてみると自動車を運転していて目の前に割り込まれるのは非常にむかつくらしい。しかしながら自分は温厚篤実。まあ、僕はいつも通っていて道を知っているからよいけど、君らは知らんのだから無理はない、さあ、どうぞ。さあ、どうぞお通り、どうぞ、お通り。と、呼び込みと下足番が合併したような感覚で左右から随意に割り込んでくる車を自分の前に入れていた、つまりこの時点では少しも腹を立てていなかったのである。ところが。

あいつにはむかついた腹立った。というのは、白い和泉ナンバーのライトバンである。自動車が前に割り込んでくる場合、仮に自動車の挙動を言語化するとしたら、「あ、すみません、ちょっと悪いんだけど前、入れて丁髷、ゴメンね、悪いね、お願いします」といった感じで割り込んでくるのが通常である。しかるに、彼の和泉ナンバーは、「俺が割り込んだらおまえがむかつくのは分かっている。しかし俺は割り込む。なぜなら俺はおまえを歯牙にもかけていないから、おまえがむかつこうがどうしようがなんとも思わない。だから俺は悠然とウインカーも出さずに、おまえがブレーキを踏まねばぶつかるところにまでぎりぎりに車体を寄せて割り込むよ。しかも、にたっ、と笑ってね」とでもいっているかのような挙動で右から俺の前に割り込んだのである。

まったくもってなんという言い草であろうか。人を馬鹿にするのにもほどがある。自分はこの時点にいたって漸く腹を立てたのであるが、しかしだからといってむんむん車間をつめて妨害するだけの闘争心が自分にはない。自分は車内で個人的に、しかもちいさな声で、クヤシー、と呟くばかりであったのである。ところが呆れ果てたことにその車は自分の前に割り込み、さらに左車線に割り込もうとしている。ところが幸か不幸か左車線の車は自分のように温厚な人間ではなかったらしく、闘争心をむきだしにして車間をつめ、彼はなかなか左車線に割り込めず、彼の前にはまるで車がいないのにもかかわらず自分はその場に足止めを食らい、信号一回分を無駄にしてしまったのである。

ふんぬー。またぞろ個人的に癇癪を起こしつつも漸く交差点を越え、墓地の間の狭い道に入ったところ、後ろからむんむんに煽ってくる車がある。こんな狭い道でなんじゃこいつあ、と思ったら、うわっ。先ほどの和泉ナンバーで、いったいどんな奴が運転しているのだ？　と思って信号待ちの際、ミラーに目を凝らすと運転しているのは二十年前の男性アイドル歌手のような兄ちゃんで、ハンドルを握りしめてくんくんしている。

なんであんな奴に侮られ、苦しめられんとあかんのんじゃあ。大通りに出て三米おきに進路変更しつつ、はるか彼方にすっ飛んでく兄ちゃんの車をみつつ自分は魂の叫びを叫び、しかしこのまま一生涯、侮られ続けるわけにはいかぬ、と自分はいそぎ自宅にたちかえり、先般、闘争心涵養のためにに購入したグランツーリスモ3のフォースフィードバックステアリングを握り、事故死覚悟でアクセルを全開にして時速一八〇キロメートルで先行車に追突していくのである。で、軽くかわされてまた侮られて。

ぼけの随筆

午、起きた。といって午までずっと眠っていたわけではない。朝五時ごろいったん起きて仕事をしてそれからまた眠ったのである。なんのためにそんなことをするのだろう。どうせまた眠るのなら別に一度起きなくてもそのまま例えば十時ごろまで眠ってそれからずっと起きていればいい。なのに、一度起きてまた眠る。人間の玄妙。

起きた僕は大量の汗をかいていた。なぜならエアコンをつけない寝室が暑いから。じゃあエアコンをつければよいようなものだけれども六畳の寝室にエアコンをつけると酷烈な寒さになって風邪を引いて死ぬので僕はエアコンをつけずに汗をかいているのだ。もっと利きの弱いエアコンがあったらなあ。

なんてなことを考えて寝室のドアーの外に出て廊下を歩いて居間に行くと、アッココハスズシイナア。居間の冷房はちょうどよい感じにきいている。っていうかいま気が付いたんだけれどももしかして僕が長い時間寝らんないのはそうして冷房がうまくいってなくて暑いから？　だったら人間の玄妙じゃない。

なんてかなしみつつも現実の世界は苛酷だ。シビアーだ。クールだ。世界中を物凄いスピードで情報が飛び交っている。時代に乗り遅れてはならない。

僕はパソコンを立ち上げメールをチェックした。なにもきていなかった。さびしい。もう僕は時代に乗り遅れてしまっているのだろうか。

いま凝っているのはソーメン。別にイカソーメンとかそんなんじゃなく、普通のソーメン。若い頃はソーメンが大嫌いだった。若さというものは未熟なものだ。若さゆえ、よろこび。若さゆえ、きずつく。「こらソーメンのぼけ」などと怒ることができるのも若いからだ。つまり若い僕は、ソーメンなどというものはただ白くてくにゃくにゃしているだけでなんらの価値もなく、そんなものを珍重して喜んだのは数百年数千年前、色というものに特別の思想的哲学的意味があり、白い孔雀が走った、瑞兆だ、なんつってとりわけ白という色に特別の意味があった時代に、競っていろいろなものを白く漂白しようぜ、というムーブメントがあったなかでもてはやされた食い物であって、そういう事情を知らずにいまどき有り難がってソーメンを食っている奴などというものは度し難いばかものだ、と嘯いて粋がっていたのであるるるるるる。アルルの女。ハタンキョウを見つめている。

ふっ。哀れなパンク歌手だ。レイモンド・チャンドラー風にいえば青い三輪車に乗った大石内蔵助だ。いまはそんな風に粋がってソバやウドンばかり食っていた自分が恥ずかしい。歳をとって人間として成熟した昨夏、虚心坦懐、そんな色の哲学的意味なんてさかしらをいうのをやめて無心にソーメンを食ってみたら、くわわ、実に美味だった。うまかった。おいしかった。爾来、僕は夏は夏場は暑い夏は暑い時期は土用うちはソーメンばっかり食べている。ソーメンばっかり食べている。ソーメンばっかり食べていると三度言うのは意味を強めようと思っての所業。文筆の荒法師。

鍋というものが難しい。というのはどの鍋を使うかということで、僕は歳のわりにはたくさんの鍋を持っている方で、数えてみると五箇の鍋がうちにはあった（断っておくが土鍋は勘定に入れていない）。そのなかで大きいめの鍋を使うと確かにソーメンを湯がきやすい。吹きこぼれにくいしね。でも好事魔多し。そうすっとこんど茹であがった麺を水にとる際に問題が生じる。というのは僕は歳の割に狭小な流し台しか持っておらず、その鍋を再利用して水にとろうとした場合、笊と鍋で流し台はきゅんきゅんになってしまい、けっこう鬱陶しい思いをするのだ。

というと、そんな茹で鍋を水取りに再活用するなんて貧乏くさいことをするなよ。新しいボウルかなんかを使えばよいじゃない。それとも君はボウルを持っていないの？　貧乏で。という人があるのはもう百年前から分かっているんだけれども、俺は、流しの横の洗った茶碗や鍋を伏せておくためのスチール籠を置くスペースも狭いと言わなかったか？　言わなかったか？

あ、そう。言わなかったの。じゃあ、いま言うよ。狭いんだよ。だからボウル、笊、大きい鍋の三つを流し、及びその横の水切りスペースで展開することはできねぇんだよ、馬鹿野郎。俺だって社会に出て二十年働いてきたんだからボウルくらいもってるんだよ、馬鹿野郎。おまえらと一緒にするな、小僧。小僧寿司。小銭寿司。むかし小僧寿司は夏になると幽霊寿司という折り詰めを発売していたけれどもあれはまだあるのだろうか。もう十五年も前の夏だ。あの日の入道雲がなつかしい。

冷やしカレーという冷たいカレーの、あるらしと聞く夏の暑い日。

結局小さい方の鍋でやることにした。二番目に小さい、ピンクの胴のところにキティの絵の描いてある琺瑯引きの鍋で。

これより一段大きいアルミの鍋も一応あるのだけれども、やはり鍋の周囲の角度の関係なのだろうね、アルミの方だとけっこう吹きこぼれやすいので、一応、規定の水の袋にかいてある、あ、違う、袋に書いてある規定の水の量二リットルにはアルミの方が近いのだけれども、そこをあえてキティのほうにしたのだ。あ、それは僕が。なんかもう僕は日本語もばらばらだよ。アベリバラバラバラ。バラバラ。バラ肉。むかしばるぼらという店に行ったことがあるなあ。人に連れられてだけど。というか僕はだいたい人に連れられて行くことが多い。自分で料理屋や酒場にでかけていくことはまずない。なぜかというと田舎者であまり店を知らぬからだ、などと書くと恰好悪い、面倒くさいからだ、と気どった言い方にしておくといいよ。随筆を書く場合は。と誰に教えているのか？　あ、僕が。ってなんかもう僕は日本語もばらばらだよ。アベリバラバラバラ。バラバラ。バラ肉。と循環するのは若いときからロックンロールが好きだったから。

二分。君を待つ二分とソーメンが茹であがるのを待つ二分はどちらが長いだろうか？　そんな種類の違うことを同列には論じられない。告白すると僕は泥棒だ。ソーメンを好きになってから僕はとても頻繁にキッチンタイマーというものを使うようになったのだけれども、このキッチンタイマーは実家からパクってきたものだ。むかしから実家にあったものだ。しかしながら盗人にも三分の理。少しく弁解をさせていただけるならば、僕は母親がこのキッチンタイマーをまったく使っていないことを知っていた。使っていないものなら持ってきたっていいじゃないか。それに親子の間柄なんだからそんなことぐらいでめくじらをたてなくてもよいのではないだろうか。と四十面さげて親に甘えているアホなのだろうか？　あ、それは僕がということ。って今度はほんとにミスった。この違いが分かる文芸評論家が居るだろうか。と誰がゆってんの？

といって僕だって良心の呵責を感じない訳ではなく、対策は講じた。なにをやったかというと自分でキッチンタイマーを買ってきたのだ。曽爾婦羅、ってなんだこれ、僕はそんな変換普段しないぜ。ソニプラです。ソニプラとか行って。で、一箇買ったのはピンクのバーバパパの胴が捩れてタイマーになるやつで、でもこれは結果的に買い物としてはスカ豚《とん》で、その姿はとても愛らしいのだけれども、肝心のタイマーとしての機能が粗雑で米国人などが粗放な材料で粗雑な料理をこしらいて馬食するのには適しているのかも知らんが繊細で傷つきやすい日本の僕らがソーメンをこしらいるのにはちよつと不向きかも。そいで次にはやはりニポン製がええのと違う、つうんで、キティのやつを買ったのだけどこれも、やはりファンシー性重視で機能面が犠牲になっていてだめで、相変わらず僕はパクってきたキッチンタイマーを使っているというわけで、ええっと、この後、ワサビの話とかいろいろあるのだけれども紙幅が尽きた。それらのことについてはまた機会を改めて述べたい。じゃね。

自己本位的な行動を禁止します

悪いこと、例えば泥棒などをした人が、なんでそんな悪いことをしたんや、と調べの人に訊ねられ、「遊ぶカネが欲しかったから」なんて答を答え、後日白洲で、自己の欲望のみに忠実かなんかいわれてひどいこと叱られるというのは、やはり、よくいうように、活計につまっての出来心、貧ゆえの盗み、というのとは違って、遊ぶカネが欲しいという自己中心的な理由がよくないということであり、自分さえよければ他人はどうでもよい、というそういう理由はよろしくないということは、別に悪いことをしないでも、我々が日常生活を送っていくにあたっても日々の戒めとすべき言葉であろう。具体的にどうすればよいかというと、自分がやったこと或いはやろうと思ったことのその理由を考え、それが自己の欲望にのみ忠実で、そのことによって他に不利益を与えてないかどうかを考え、もしそうだったら反省をすればよいと言うことである。

といって俺はコーヒーが飲みたくなり、手ずからこれを淹れて飲もうとして考えた。なぜ、俺はコーヒーが飲みたいのか？　答は実に簡単、コーヒーの味が好きだから、である。そしてコーヒーを飲もうとしている。え？　ちょっとまずいか？　つまり俺はコーヒーの味が好きでその味を味わいたいという自己の欲望のみを満足させようとしてコーヒーを飲もうとしている。駄目じゃん。しかしコーヒーは飲みたい。

ということはつまりあれか？　つまりこの場合、自己の欲望のみ、の、のみ、の部分が問題なのであって、だからこれを、のみにしない、つまり、誰か知り人を呼んで、ふたりでこれを飲めば、自己の欲望のみ、に忠実という訳ではなくなるのである。

わははは。こんな法の抜け道があったとは知らなかった、と喜んで知り人に電話を掛けようと受話器を取り上げ、しかし俺の手はふと止まった。別にこれって単に共犯じゃん。と思ったのである。ううう。俺は自宅でコーヒーを飲むこともできぬのか？　情けない。しかしそれが法というものだ。しかし、くうっ。コーヒー飲みてぇなあ。なんとかならないものだろうか？

脳漿を搾るようにして考えた挙げ句、俺は漸くあることに思いいたって心安けくコーヒーを淹れ始めた、すなわち、このコーヒーは天然自然に家にあったものではなく商店に行って買ってきたものであって、ということはその小売店、流通業者、生産者に利益があったということでつまり、このコーヒーを飲むということは、自己、この場合、俺、だけではなくして、他のみんなも利益が上がり、その利益は俺の支払ったコーヒー豆代金から上がったのであって、その分俺は他己の利益にも配慮したといえるのであるし、もっというと、俺がコーヒーを淹れることによって東京瓦斯や水道局も儲かるわけだから、俺がコーヒーを淹れることは俺のみの利益、俺の欲望のみを満足させる訳ではなく、直接間接に多くの他己に利益を与え、その欲望を満たしているのである。

わはは。あやうく反省をしなければならぬところであったが、結果的になんの問題もなかった。すべてはうまくいっている。よかった。よかった。と思いつつ、俺は仕事に倦んだときなどにしばしばそこで休息する、青い帆布を貼った折りたたみの椅子に座って暫くぼう然としていると、精神が暇になり、自己のなかになにか本を読みたいという欲望が湧きあがりかつ沸きあがってきた。暇になった精神をちょっと忙しくしたいと思ったのだ。しかしこれも大丈夫、家にある本はみな俺が書店にて買いもとめてきたものであって各方面に利益が上がり、みな欲望を満足させている。ぜんぜんオッケーである。

俺はつと立って書棚から一冊の本を抜きだすとまた椅子に腰かけコーヒーをすすりながらこれを読みはじめた。しかしながら、尻をもぞもぞさせ、腰を浮かし、あ、うーん、と声を上げるなど、終始落ちつかず、なかなか書物の世界に没入できない。というのは、どういう訳かその俺がいつもリラックスして本を読む場所のあたりは照明が不足して薄暗く、文字の意味するところが即座に頭脳に入ってこないのである。

これはつまり、この家の照明デザインをやった人が自己の、面倒くせーから適当にやって早く帰ってプレステ2をやって遊ぼうという自己の欲望のみに忠実にやったからこんなことになるのであって、そのせいで俺がいま迷惑している。しかしながらその照明デザインをやったのは誰かというと俺で、こういう場合はどうなるのかよく分からぬが、まあよろしくないのかも知れない。俺は照明器具を買って取り付けたいと思った。理由は自己がそこで本を読みたいからである。しかしながらこれも、右のみなの利益ということを考え併せれば、自己本位な欲求ではない。という風に考えると、ははは、駕籠に乗る人担ぐ人、そのまた草鞋を作る人、この世の中のほとんどの行為はオッケーということになり、ははは、俺はもうやりたい放題かも知らんのである。

ではどんな照明がよいだろうか、というと、いまはみなが個性を主張する時代で大量生産品で満足していた時代とは違う。といって稀少珍妙な家具や雑貨品、音楽や運動靴や衣服といったアイテムをカネで買って取り揃えたからといって、それが唯一独自であるとは俺は思わんけれどもね。でもそんな時代なのだからしょうがない、長いものには巻かれろ！　それがパンク魂だ。

俺は牛の頭の剝製のなかに電球を仕込んだ照明が欲しいと思った。つまりよく金持ちの家にいくと壁に野牛の首などが張ってあるが、あれだとちょっと荒々しいので、和牛にして照明も兼ねたような感じにしたいなあ、と思ったのだ。しかし、これについても、まあ大丈夫だとは思うが理由について考え、それが自己本位でないかを検証しなければならない。

なぜ俺は和牛の照明が欲しいのか。それは和牛が好きだからで、どれくらい好きかというと、この家を和牛の庵、すなわち和牛庵と名づけているくらいに好きなのである。

やはり和牛は鋤焼にしても旨いし、その他の料理にしても旨いしね、だから和牛庵と名付けた訳だ。そしてその名に因んだ照明を拵えるということは、誰の利益になるかというと、当事者たる牛は切害《せつがい》せられたうえ、眼球に電球を嵌められるわけで、むしろ不利益をこうむるし、照明器具屋が儲かるかといえば、牛の首の照明を商う照明器具屋などはこれはないわけであって、存在しないものが利益を得ることはこれはない。となると、この照明に関して俺は自己の、和牛を照明にしたい、という欲望にのみ忠実な、自己本位的で残忍なことを考えたと言え、この件について俺は反省をしなければならず、しかしどうやって反省をしたらよいか分からぬので、以前、テレビジョンで見た反省猿という猿の真似をして柱に手をつき項垂れてじっとしていると、頭脳に神への謝罪の気持ちが渦巻き始め、また同じにこれまでの経緯を含めたいまの心境などを一編の散文詩にまとめたいなあ、という欲望も渦巻き始めたのだけれども、そんなことをしても誰の利益にもならぬということに気がついてそのまま猿の反省を続けた。

自主独立の貧窮

君らはインディーズというものを知っているだろうか？　知らんだろうなあ、と飲み屋のカウンターで嘆息していても仕方がない、知らんのだったら正直にそう言ってくれ教えるから、つって教える自分はと言うと、そらもう俄然インディーズ。インディーズ魂にこり固まった男というのだからちやうどよいでしょうそもインディーズとはなにか？

まあひとことで言うのは難しいが、インディペンデントすなわち独立の無所属の独自のという言葉からインディーズというい方が始まっているのは、ははは、間違いこれなく、そして誰がそんなことを言いだしたかというとロック的な音楽をしていた御連中様で、つまり大手メーカーなどに所属してレコードをこしらいるのではなくして、独立してレコードをこしらいる、つまり、自分で資本を出して自分でこしらえ自分で流通させる、こういうことを指してインディーズというのであるが、ではなぜそんな面倒臭いことをするのか？　そんなことは別段、メーカーやなんかの人にやって貰って自分は一意専心、音楽の道を邁進すればよろしいのとちゃいますの？　てなものであるが、ちょちょちょ、そこが素人のあさましさなのであって、すなわち、レコードをこしらいるにあたってそうして大手の人が介入するということは音楽以外の商売・金儲けの理窟もまた入ってくるということで、そうなると純粋・純一な音楽の表現ができなくなってしまうやんけ、具体的には、例えば、エログロナンセンスはみなが厭がるからやめろとかそういうことをいったりね。本来はエログロナンセンスというものは大衆の好むところでもあるのだけれどもね、しかしなにも好き好んで汚れ役を引き受けることはないのだ、かなんか言われて、本来は、「河内のおっさんの唄」といった歌を歌いたいはずの若者が、王子様のようなひらひらの服着て、ナイーブなエキセントリックな王子様が君に出逢って恋を知る、みたいな歌を歌え、婦女子はそういうものをうんと好むのだから、かなんか言われる、みたいなといった懸念・心配・可能性があるのであり、だから我々はインディーズっちゅうわけなのであって、そしてだから、こういう風に我々は独立開業している、というとじきに、「はっ。聞いた風なことを吐かしやがる、ひよこが。けつべたの青いガキが。いろいろ偉そうなことをほざいているけれども結句大手メーカーに雇って貰えないからそれを誤魔化すためにインディーズとかいっているだけじゃないか。馬鹿馬鹿しい。つきあってらんねぇぜ。あ、オレ柳川と中生」などと罵倒のついでに泥鰌料理やビールの注文までする卑劣漢がでてくるがそうではなく、右にも申しあげたように、インディーズというものの根本は精神的な動機によって成立しているのであり、そんな経済的な動機によってなるものではないのである。

いや。嘘だと思し召したら一度僕等とお好み焼きを食べに行きませんか？　僕等は店員がなんでしたらお焼きしましょうか、というのを敢然断り、自らお好み焼きを焼くでしょう。つまりこれがインディーズ精神であって、プロであるお好み焼き店従業員の手にお好み焼きを委ねるのではなくして、自らの手で自らの納得のゆくお好み焼きを焼くのであり、また、右のごとく邪推をする者に声を大にして申しあげたいのですけれども、従業員にお好み焼きを焼かせようと、自らお好み焼きを焼こうと、別段、お好み焼き代金は変わらぬのであり、なにも我々は代金を安くあげようと思ってインディーズを選択しているわけではないし、そしてこのことは文字焼き／もんじゃ焼きに関してもなんら事情は変わらないのである。

つまり自主独立。できることはなんでも自分でやり、そしてそれはなにも費用を節約しようと思っているのではなくして、他の干渉を可能な限り排し、自分のやりたいことを最後までやりとげるために独立する。これがインディーズ魂なのである。

かかる、ははは、ムーブメントは、ははは、いまやファッションデザインや映画、出版などカルチャー、ははは、カルチャー各方面に広がって、みんな自主独立して各々好きに勝手に自分のことをやってなかなかに繁昌しているというのだから愉快でしょ、痛快でしょ、だから僕はさっきから、ははは、と笑っているだけで別にそんなに眉を顰めたり、僕がインディーズに対して批判的であると思わなくてもよいと思うよ。っていうか、そんなのはまったく逆なのであって、現に自分はインディーズの権化というか、生活全般にインディーズ癖がいきわたっているというか、ちょっと気に入ったモノやなんかがあってもそれを簡単に消費っていうか、買ってきて済ますっていうことはしたくないというか、もはやできないような精神になってしまっていて、やはりこういう場合でも自作をしてしまう傾向にあるくらいで、例えば先日、往来を歩いていてちょっと気の利いた茶碗を雑貨店の店頭に飾ってあるのを発見した。価を見ると四千八百円である。自分はううむと唸った。まあ別に自分だって男一匹、四千八百円くらい、どうしても出せと言われればそれくらいはもちろん出す。出してみせる。しかしながら、まあ茶碗ごときに四千八百円はなあ、四千八百円あればけっこうな栄耀栄華が、ううむ、できんか。となると、こういう気の利いた茶碗で茶を飲めばよい思案も浮かび、よいインディーズができるかも知らん、と逡巡のすえ、茶碗を手にとり、店員に声を掛けようとしたが店員がいない、しょうがねぇなあ、と思いつつ、いま一度、茶碗を見て、くわあ、危ういところであった。あろうことか茶碗は四千八百円ではなく四万八千円であったのであって、こんなものを買っていたら間違いなく破滅するところであった。胸を撫で下ろしつつ茶碗を棚に戻し、しかし、わは、四万八千円と聞いてオレのインディーズ魂に火がついた。もしこれを自作すれば、四万八千円の儲けというか、四万八千円もするものが材料費だけで自分の物になるのであって、しかも見りゃ確かに雅致ある作だけれども手つきは粗雑風で、ははは、こんなものだったら俺にもできるはず、わはは、これだからインディーズはやめられぬ、と思って材料を買いに走ったのだけれども、こういう風に言うと、自分が欲得ずくでインディーズをやっているようにきこえるかも知れぬが、別に自分は四万八千円だからそれを作ろうと思ったわけではなく、右に申しあげたごとく、あくまでも単に消費して終わりというその創造性に欠ける姿勢が厭だっただけであって、そら確かに自分は四万八千円四万八千円と何度も言ったかも知らんが、それはインディーズといえども実際の経済と無縁であるわけではなく、ぱっと見て四万八千円と書いてあったものを四万八千円と言ってどこが悪いのか、自分にはちっとも理解できないのである。

といって土を捏ねて、まあそもそも雑貨店で見たものとは若干趣の違う茶碗ができたというのは、それは俺のオリジナリティーが発揮されたということで底が平らでなくそこいらに置くと転倒するということを除けばまことにもって慶賀すべきことで、まあそんな欠点は手に持っていれば済むことではあるし、俺の周囲はそうしたオリジナリティー・創造性にあふれたこしらいもので溢れかえっていて、ときどき精神が暴発してすべてを破壊したくなるのが人間の玄妙である。

ランチを食べるとだめだっだってよ

先日。打ち合わせのために小生の仕事場にやってきた番組制作会社の女性スタッフが、と書くと文章が長くなって怒られるからやめてもういっぺんやりなおすと、先日。小生の仕事場に番組制作会社の女性がやってきた。打ち合わせのために、である。と、こういう風に書くと、今度は文章に味わいがないからやめてもういっぺんやりなおすと、先日、小生の仕事場にやってきたのは番組制作会社の女性である。と、こういう風に書くと……、

「といった試行錯誤を延々続けるというのはあなたが文章に、というより物事全般にこだわるから?」

「そういう自己評価はなかなか難しいですなあ。でもどちらかというと僕はものにこだわらない質ですよ」

「あ、そうなんですか」といった打ち合わせをしたというのは、つまり番組中のトークのネタを拾うために、俺、僕、私、拙者、小生の性格、人格、キャラクテールを把握したいという先方の要望に応えてのことである。というと、また文章がわかりにくいので、

「なんてこだわってるじゃないですか」

「いや、それはこだわってる訳じゃなくて読む人に分かりやすくしようと思っただけで」

「でも分かりやすさというものにこだわってますよね」

「それはこだわりとはいわないいんじゃないかなあ」

「いや、こだわりですよ。うーん、でも分かり易さにこだわるっていうのは分かり難いなあ。ほんとにこだわってることってありませんか」

とスタッフの女性はこだわりにこだわってやまぬ。しかしながら自分がこだわってることはほんとになにもない。ラーメンにも自転車にも万年筆にもコーヒーにも饂飩にもなんにもこだわっていない。

「ございませんなあ」と答えると彼女は、ああそうですか、と世にも悲しそうな顔で言ったのであった。

なぜ彼女はそんなに悲しいのか。答は明白で、なにかこだわっているものがあれば、この人のこだわりー、といった具合に台本を拵えることができ、トークが盛り上がると思ってやって来たのだけれども、意に反して自分が、こだわっているものはありません、と言ったものだから悲しくなっているのである。

自分はひとに悲しい思いをさせて申し訳ない、と思った。やはり大人のたしなみとしてこだわりのひとつやふたつは持っておくべきであった。しかしトークの本番は一週間後である。いまからなにかにこだわったとしてもそう強くはこだわれないにきまっているのであり、例えばラーメンに一週間こだわったって単に胸やけがしてラーメンに対する厭悪の感情が激烈になるばかりであろうことは容易に推測できるのである。

彼女との話しあいは一時間半に及んだ。彼女は、もうこうなったらなんでもよい、自分の身体や生活にまつわる話で、他の人に比して変わった、特殊な話、人に話したら、え？ まじすか？ ほんとすか？ といった反応が返ってくるような話はありませんか、とねばったのである。

そうして判明したのは驚くべきことに、自分という人間はなんらの変わったところのない、ごく平均的な人間であり、おもしろくもおかしくもない人間であるという事実である。例えば日常生活、自分の平均的生活は、朝おきる。朝御飯を頂戴して仕事場に出勤する。

彼女に言わせるとこれがまずだめである。

仮にもパンク歌手b／w小説家ともあろうものが、一般の給与生活者と同様に朝、起きているようでは駄目だ、というのである。朝起きて夜寝る。そんな人並みのことをやっていては駄目なのであって、そこはやはり朝寝て夜起きるようなことではないと世間に対して申し訳が立たぬ、というのである。そればかりか、御飯を頂いて仕事場に出勤するだと？ ふざけるな。

人生をなめているのか。歌手風情がなにを世間並みに飯食うとるんじゃ。「これが朝飯だ」といってウイスキーをラッパ飲みして、前歯のない口を開けてにかっと笑え。麻薬を吸え。てなもんである。

仕事場に出勤した自分は、パソコンを立ち上げメールをチェックし、それから十時の休憩をはさんで午前中いっぱい仕事をする。午はランチに出かけ、午後、一番にスタッフと会議、それから夕方まで面談、打ち合わせ、書類整理などの仕事をこなし、七時にはうちに帰って家族と夕食をとるのであるが、言語道断、犬畜生にも劣る振る舞いである。

かかる卑劣きわまりないことをやっていて文学が達成できるわけがない、というのである。だいたいにおいてパソコンなどというものを使っていること自体が間違いで、やはり手書き、それもボールペンや鉛筆などではなく、できれば毛筆、それが難しいようであれば、最低でも万年筆、ただし定価三万円以上のもの、を使って欲しい。「それになんですか？　この仕事場と称する空間は？　こんな奇麗に片付いた部屋でものが書けるわけがないでしょう。よござんすか。作家というものは反古紙、一升瓶、蚊取り線香の空き箱、万年床、溢れた灰皿、横倒しになった置物、古新聞古雑誌、食器など、ありとあらゆる雑物の散乱する汚い部屋で書くものなのです。そして書けない苦しみに悶え、泣き叫び、絶叫し、腹いせに妻子を殴り、不幸のどん底でもがき苦しまねばならない。世人の不幸を一身に背負い、十字架を背負ってあえぎながら歩き、汚穢と汚辱、反吐と大小便にまみれ世間の物笑いとなって人間としてのすべての尊厳を失って死なねばならぬのです。なのにあなたのこの体たらくはいったいなんですか？　メールチェック？　十時の休憩？　ふざけるな。ランチにはなにを食べたのです？」

「近所の中華料理店でAランチというのを食べました」

「Aランチはいくらです？」

「確か千二百円だったと思います」

「ふざけるなっ！　おまえごときが千二百円もするランチを食べるなど勘違いも甚だしい。吉牛でも贅沢だ。残飯を漁ってチブスにでもなればいい。そうすれば少しはましなものが書けるだろう。そのうえなんだ会議？　打ち合わせ？　いい加減なことをいってたら殺すぞ、あほんだら。おちょくっとったらあかんどあほんだら。そういうことはなあ、立派な堅気の勤め人が言うことなんですよ。あなたのような人がそういうことを口走ってるとそのうち下手うつよ。さらにはなに？　七時にはうちに帰る？　あほか？　おまえは。シャブ打って徹夜せえ。家族と食事など絶対に許しません。どうしても家族と食事をしたいのなら卓袱台をひっくり返すくらいのことはしなさい」

「しかしうちはテーブルなんですが」

「テーブル？　歌手風情がテーブル？　なめるのもいい加減にしろっ！」

と彼女は絶叫、自分の頭を膝にはさみ、両手で腰をかかえて持ち上げると、ジャンプして尻餅をついた。俗に言うパイルドライバー・脳天杭打ちである。

正気に返ったときには彼女の姿はなかった。しょうがないのでとりあえずそこいらを散らかしてみたがたいして散らからない。外は晴。

苦手なことを克服したいね。ア、ヨーヨーヨー

四十にもなってパンク歌手などというアホーな仕事をしていることからも容易に推察できるように自分は他の人に比していろいろなことが苦手である。苦手。くはっ。そんなことをいって誤魔化しているからいつまでたっても駄目なのであって、だってそうでしょう、苦手というとなんか一応できるんだけど、ちょっと嫌なのであえてやらない、って、そんな感じあるでしょ。つまり、

「ちょっと田中くん、ちょ、ちょっとちょっと」

「はいなんでしょうか」

「君ね、ちょっとエゲバルム企画の芳澤さんのところへラフとりにいってきてよ」

「いやー参ったなあ。ボクあの人苦手なんですよ」みたいな感じ。ところが自分の場合はそうではなく、道順が分からない、地下鉄やタクシーに乗る方法が分からない、言語が喋れないため行ったところで用件を伝えることができない、など具体的にエゲバルム企画への使者が勤まらぬということで、それをば、苦手、などといって誤魔化すのは卑怯であり未練であり、人間

の道理も道徳もわきまえないふざけた態度、甘えた態度であるのであって、そこははっきり、普通の人にはできるいろいろなことがあほなのでできない、と言うべきである。だから言いかえますわ。

四十にもなってパンク歌手などというアホーな仕事をしていることからも容易に推察できるように自分は他の人に比してものすごくアホなのでいろいろなことができない。と、これでよい。と思いつつもでもこれってなんか威張ってるような感じしない？

「ちょっと田中くん」

「なんだよ」

「プレゼンテーション用の写真を用意してくれない」

「俺にはできない」みたいな感じ。つまり、俺は偉くてそういう次元の低いことには関知しないし、できないことをちっとも恥じていないというか、そんなことができないのはむしろオレ的には誇りに思ってる、みたいな。

ところが自分の場合はそうでなく、できないことを本当に恥じているし、実際やばいと思っている。

「じゃあ、どう言えばいいんだよ、きいーっ」なんてヒステリー症状を呈し、家中のスリッパーを引きちぎってしまったこともオレ的には恥じてるしね。ってだからほら、まあもう苦手でいいや、こういう、かかる、ええ、なんていうのだろうか、話というものを簡潔にするのがオレは苦手である。できぬのである。

例えば、っていうか、パンク歌手というのは実に儲からぬ商売で年間の売上が三十万円、利益が三千円くらいしかなく、人間が生きていこうと思った場合、葱や豆腐や醤油を買わんければ相成らぬが、悲しいかな収入は三千円。しょうがない、豆腐は買えぬから今晩のおかずは麩ってことでよろしく。つって、家族に麩を一個宛配り、これを水に浮かべて啜る、などというライフスタイル、なんてのは悲しい。悲しすぎる。そこでときおりは随筆原稿を書いて稿料を貰い、米味噌醤油葱豆腐酢ワインビネガーエクストラバージンオイルライスペーパーピータンなどを買ったりするのだけれども、そうしてものを簡潔に言うことができないから本論に入る前、序論のところで規定の枚数を費いはたしてしまって、妙に頭でっかちというか竜頭蛇尾な随筆原稿になったりね。っていうかまさにいまがその状態って言うか、なにがピータンなんだよっつうか、苦手とできないにひきかかって、はは、惨めなありさまさ、地獄のチキンヌードルさって感じ。

で、それ以外になにが苦手かというと、例えば睡眠ということが俺は苦手なのよ。なのよ?はあ? おたく誰ですか? なのよなんてみっともない言葉遣いをするというのは実に情けないけれども、でもこれをやるとまたどうでもいい細部の奴壺《どつぼ》にばまりごんで戻ってこれなくなるからそのまま気にしないで行くが、まあ睡眠なんていうことは普通の人はなんの苦もなくやっていることだけれども、どういう訳か自分はこれが満足にできない。なにがどういう風にできぬのかというと、まとまって長い時間寝ているということができぬのであって、例えば朝など。別に豆腐屋でも新聞配達でもないのに、五時、遅くとも六時には目が覚めてしまうのである。といってやることはなにもない。しょうがないから新聞を読んだりテレビ時代劇を見たり無駄な読書をしたりして午前中を過ごし、午になったら午飯を頂戴するのであるがそうしたところ、腹の皮はれば目の皮たるむ、激烈な睡魔がおそってくる、眠けりゃ寝りゃあいいじゃねぇか、てなものであるが、そういう訳にいかぬというのは拍子の悪い、本日に限って午後一番に面談会議の予定が入っていて、しかもこれが重大な面談会議でどうあってもまくるわけにはいかぬのである。しょうがないので眠いのを我慢して洗面所に行って髭を剃る、といえば俺は髭を剃るのも苦手で、喉のところや耳と顎の間に黒胡麻のやうに髭が残ってしまうのだけれども、もっとも苦手なのはもみあげから頬にかけてのラインで、この部分を自分がやるとどういう訳か中途だけ剃れて先端部が残り、なんだか御所人形のようになつてしまうのである。こういうジャンルではあとピジャマやシャーツの釦を留めたり外したりすること、水道を利用して洗顔をすることなどが苦手で、釦が引きちぎれ、がために腹が丸だしになったピジャマ姿の御所人形がびしょ濡れになって洗面所から出てくる、なんてなことになるのであり、それはそれで因果であるが、まあ、御所はしょうがないとしても、ピジャマは着替えればよいし、濡れた顔面も出かけるころにはほどよく乾燥している、それよりなにより問題なのは眠さで痴呆化している頭脳の中身で、はっきりいってこんな頭脳の状態で重要な打ち合わせに出かけていって大丈夫なのか。

しかしながら一書にいわく、人間の頭脳には玄妙不可思議なる働きがあって、乾坤一擲ここ一番、ってタイミングになると、神経を高ぶらせたり、活気づかせたりする物質がおのずと分泌されて眠気などを忘れさせる。そらすごい。まあ、本日の話は重要な話しあいなのだから、少しくらいは物質がでるじゃろう、アルジャロウ。思って話しあい会場に行ったところ、どういう訳か、物質はただの1ミリグラムも分泌されず、自分は話しあいをしくじるのである。

眠さで昏倒しそうになりつつようよう帰宅、寝室に気絶して、しかしまとまって眠ることができないので二時間もすれば目が覚め、時計を見ると午後五時である。なんだか腹が減っていて、また喉が渇いてビールやなんかを飲みたいような気もする。しかしそうする訳にもいかぬというのは八時から会食の約束があるからで、いま飯を食いビールを飲むと絶対に眠くなる自信があるし、また腹部が膨満して会食ができなくなるからである。八時まで我慢をするより他ない。しかしながら腹というものは因果なものでそうして我慢をしているとますます減る。なかなか進まぬ時計の針を見ながらもうちょっとやもうちょっと辛抱や、と自らを励ましながら餓鬼道地獄の苦しみにのたうち、ようやっと出かける時間になり御所の顔で出かけ、やっとありついた御馳走、しかし腹が減りすぎていたため半分も進まぬうちに腹がいっぱいになり、と同時に餓えで忘れていた眠気が始まり、もうどうしようもないくらいに眠くなって、内心では、「こんな会食の席で寝たらあかん。なぜならあほやと思われるから」と思って、なんとか眠らぬ努力をしようとするのだけれども、どういう訳か自分は努力というのがもっとも苦手で、ついに意識が途切れ虚無が訪れた次の瞬間、がしゃん、肉料理の皿に顔面を突き込んでしまい、相手に呆れられ侮られ、ますます世界を狭くして、いつものように場末で愛の歌を歌うのである。

ひとつのお願いきいて

狷介不羈《けんかいふき》ってなんだよ、難しい字だなあ、って馬鹿野郎、県会議員じゃないんだよね、あのひたあ。でも県会議員って一般に気難しそうっていうか、いかにも偉い人、名士って感じするじゃない？　だからあの人の場合も狷介・県会どっちも印象にあってる、っていうか世界的権威ある賞も貰ってるし、叙勲もされてるから誤用もこれありのり。森有礼ってのは文部大臣だった、ってそんなことはどうでもよくかかる駄弁を弄しているというのもいわば現実逃避というか、あの怖い人にあって、無理筋のお願いをしなければならぬという現実を直視するのが嫌だからで、いやっ、どうも、参ったなあ。やだねったら、やだね。やだねったら、やだね。と歌っていてもしょうがない、というか、くわあ、うちの前に到着してしまったぜ、ベイビー。がらがらがら、御免ください、と、うわあ、本人、出てきちゃったよ、本人。いや、どうもこの度はどうも突然出まして恐れ入りましてございます。わざわざ御時間を作っていただいてありがとうございました。実はですねぇ、あのすいません、いきなり本題に入らさせていただきますが、あ。すみません。先生はたいへん言葉遣いにうるさい、じゃない、あの、お厳しい、お厳しい？　お厳しいなんていうのでしょうか？　すみません。あたしあの日本語が無調法なものでございまして、ってそれもおかしいですか？　いや最初は入らさせてっていうのがおかしいかなと思ってお詫び申しあげようと思ったらますます異界にのめりこんでいきますの。わたしったら無調法で不細工なブコウスキーですわ。ってすみませんすみません。あっ、あっ、てみ、手短かにお話をいたしますので、しばらく、先生、先生ぇ。って、はは。駄目やった。

小若山邦生君には困ったもので、用件を切りだす前に先生を怒らせてしまっている。あんなことではやはり駄目なのであって、つまり彼のようにくにゃくにゃと蒟蒻《こんにゃく》問答をするのではなく、こういう場合はやはり虚心坦懐、お願いをする以外に方法はないのであり、つまりそうしてお願いをすることによってお許しを頂戴する。これが唯一の道なのである。あ。着いた。先生。先ほどはうちの小若山があがってたいへんな失礼をいたしましたそうでまことに申しわけございません。伏して。はいこの様に実際に伏してお願い申しあげる次第でございます。え？　手をあげろと？　ありがとうございます。それではお許しをいただいたものと理解いたしまして手をあげさせていただきます。それから先生。これはつまらぬものではございますが、ひとつ、いえ！　けっして。けっしてそのような！　いえ！　そういった類のものではございませんのでございます。ええ。もうほんの手みやげというか、つまらぬ、はい、伊勢海老とキャビアと特選黒毛和牛の詰め合わせでございます。どうか、どうか。おおさめ……、え？　ひゃああああああああああああああ！　こ、これはたいへんに失礼をいたしました。先生がベジタリアンであらせられることをすっかり失念いたしておりました。なんたる粗忽。なんたる無礼。まことにもって、お詫びのしようもございませんが、伏して、伏して、もはや私には伏すことしかできません。或いは、五尺の身体を七重にも八重にも折って、伏して折って伏して折ってお詫び申しあげます。いえ。手はあげません。いえ、あげません。と、あまり言っていると強情というか。お言い付けに背くような恰好になっても悪しゅうございますから、では失礼をも顧みず手をあげさせていただきます。ありがとうございます。寛大なお心に感謝いたしますです。それと先生、さまざまの非礼があったうえにこんなことを申しあげるのはまことにもって心苦しいのですが、ええ、小若山も申しましたとおり、こんちは先生にひとつお願いがあって参ったわけでございますが、どうでしょうか？　お許し願えるでしょうか？　え？　なにを、て、それは小若山が御説明申しあげたかと。え？　御説明申しあげてませんか。はあ。そ、そうですか。ああっと、そりゃ困ったなあ。そうか。しかしどうです？　先生。ひとつここはお許しを願えませんでしょうか？　は？　ああ内容ですねぇ。ええっと、それに関しましてはですねぇ、ひとつお許し願えたらおいおい御説明いたすということで勿論、御礼の方は充分にさせていただくつもりではおるのですが。あー。やはり先に内容を御説明しないと駄目ですよねぇ御事情は勿論わかりますです。ただわたしどもとしてはそこをなんとかお許しいただけないものかということも含めてお願いを申しあげているような次第でございまして、例えばどうでしょう？　今晩あたり、お食事を御案内させていただきながらお話をさせていただくというのは、あ、そうですか。御先約がおあり。あ、なるほど、とにかく御願いの内容を申しあげるということが先、なるほど仰るとおりかと存じます。ではですね、一度、社に戻りまして上司の者とも相談いたしたうえでいま一度あがらせていただいても……、ええ。もちろんです。勿論その折には具体的な内容、諸条件をきちんとした形で御覧いただけるようにいたします。間違いありません。それはお約束いたしますです、はい。では本日は重ね重ねの非礼の段、まことにもって申し訳ございませんでした。お手間をとらせて申し訳ありませんでした。はい、失礼いたします。御免ください。駄目やった。

許山礼造のオヤジには参るなあ。うぜぇんだよ。なんでオレがあんな偉ぇセンセーに電話すんだよ、部署が違うだろうよ。てめえがうぜぇからつってひとに仕事ふってんじゃねぇよ、たこもしもし。あれ？　もしもし。先生ですか？　あの淪落エンタテインメントですが。淪落エンタテインメント。だからあー、リ・ン・ラ・ク・エ・ン・タ・テ・イ・ン、あ？　オレっすか？　日山です。あ、すいません。ああ。ああ。すいません。え？　ああ、じゃない？　あー、はい。分かりました。あーはい。あーはいそいでですねぇ、お願いしたいことがあるんですよー、そいで電話したんですよー。なにをっていうか、ギャラ払うんでお願いしますよ。とにかくオッケーってくださいよ。そしたら内容いいますよ。ええっ！　内容いわないと駄目すか。っていうか、まだ分かんないんすよ、っていうかオレ的には内容、関係ないんすよ、とにかく電話しろっつわれて電話してるだけなんですよー。っていうか、変な話、ギャラ的にはけっこういくっつー感じなんすけど、だめっすか？　だめっすか。わっかりました。そう伝えます。っていうかオレ的にはどっちでもいいんで。じゃシッレーします。がちゃ。

〈先生の日記〉

某月某日晴天。本日は妙な一日であった。某社の人間が入れ代わりたち代わり現れたり電話をかけてきたりして訳の分からぬことを一方的に喋る。なにかを頼みたいらしいのだがなにを頼みたいのかまるで要領を得ない。まったくもっておかしな連中で、過日某君よりあの会社が危ないという話を聞いたがいよいよいけなくなったか、と思っていると、夕景になってから、見掛けない顔で、新入社員であろうか、一寸見、阿呆のような若い社員がカメラを持ってやってきて、「先生、シェーをしてください」と言う。「なんのためにそんなことをするのか」と問うと、「先生のような偉い人がシェーといった馬鹿なことをするさまがみたいのです」と真顔で答えた。つまりはあの連中が頼みたかったというのはこのことだったのである。なんと愚かな連中だ。そんなことならさっさと言えば、シェー好きの私のこと、即座にやってやったのに。と、苦笑しつつ、私は靴下をずらし、歯を出っ歯にして、その若い社員に、四十回連続で、シェーをしてみせてやった。夕食後仕事。十二時就寝。就寝前にまたシェー。

初出

「ヨミウリウィークリー」二〇〇〇年十月二十九日号から二〇〇一年八月十二日号。

町田 康（まちだ・こう）
作家、ミュージシャン。1962年大阪生まれ。高校時代より町田町蔵の名で音楽活動を始める。97年に処女小説『くっすん大黒』で野間文芸新人賞、Bunkamuraドゥマゴ文学賞、2000年には「きれぎれ」で芥川賞を受賞する。01年詩集『土間の四十八滝』で萩原朔太郎賞、02年「権現の踊り子」で川端康成文学賞を受賞。他に『夫婦茶碗』『屈辱ポンチ』『パンク侍、斬られて候』『猫にかまけて』『浄土』『東京飄然』など多数。05年に『告白』で谷崎潤一郎賞を受賞した。
http://www.machidakou.com/

テースト・オブ・苦虫《にがむし》1

二〇〇二年一一月二五日　初版発行
二〇〇六年一一月二〇日　再版発行

著　者　町《まち》田《だ》　康《こう》
発行者　早川　準一
発行所　中央公論新社
〒一〇四－八三二〇
東京都中央区京橋二－八－七
電話　販売　〇三－三五六三－一四三一
　　　編集　〇三－三五六三－三六六四
URL http://www.chuko.co.jp/

印刷・製本　大日本印刷

ISBN4-12-003334-1 C0093